Augenblick mal...

Heitere Kurzgeschichten

.

von Rita Fehling

Gesamtherstellung: Libri BoD Hamburg
ISBN 3-89811-100-8

Alterserscheinungen

Es gibt doch nichts Schöneres, als am Morgen zum Tässchen Kaffee in aller Ruhe die Tageszeitung zu konsumieren. Man liest, welche Politiker sich wieder welche Schikanen ausgedacht haben, wer geheiratet hat und wer gestorben ist, welches Wetter am Wochenende zu erwarten ist und warum eine bestimmte Fußballelf gestern verloren hat. Und was sonst noch so los war in der Welt.

Interessiert nimmt man zur Kenntnis, dass Frau Margarete R., in Klammern achtunddreißig, einen Kosmetiksalon eröffnet hat. Ein Inlineskater, in Klammern dreiundzwanzig, hat gestern einen Verkehrsunfall verursacht, ein Einbrechertrio, in Klammern dreiundvierzig, achtunddreißig und zweiunddreißig, ist in der Nacht in ein Lebensmittelgeschäft, in Klammern zwölf, eingebrochen und hat Waren im Wert von circa fünfhundert Mark erbeutet. Gut zu wissen, dass Hermann H. nicht nur zum ersten Vorsitzenden des örtlichen Kaninchenzüchtervereins gewählt wurde, sondern doch tatsächlich zweiundfünfzig Jahre alt ist. Feuerwehrmann Joachim B. hat im gesegneten Alter von achtundzwanzig Jahren ein übermütiges Kätzchen vom Baum gerettet. Und Realschullehrer Wilhelm H. (fünfundfünfzig) hat mit seinen Schülern (zusammen zweihunderteinundvierzig) Müll aus einem Waldgebiet gesammelt. Dies alles sind wichtige Informationen.

Doch ich frage mich, ob es den beschrieben Feuerwehrleuten, Realschullehrern, Verkehrsteilnehmern oder Geschäftsleuten immer so Recht ist, dass ihr Alter in der Zeitung steht. Den meisten Menschen wird es egal sein, so eitel sind sie ja nun auch wieder nicht. Und außerdem überliest man routinemäßig die Altersangaben in den Klammern, weil man sich hauptsächlich dafür interessiert, was jemand getan hat, und nicht, wie alt er ist. Vielleicht sollte das Alter nur noch dann angegeben werden, wenn es ungewöhnlich ist. Zum Beispiel: Gerlinde F. (85) besteht das Sportabzeichen, oder Manuel P. (2 ½) gesteht Einbruchserie. Aber lassen wir das, wir haben uns daran gewöhnt. Und, ehrlich gesagt, wollte ich immer schon mal wissen, wie alt mein Nachbar Heinz wirklich ist. Wir wissen einiges, aber eben nicht alles voneinander, stehen oft am Gartenzaun (30) und unterhalten uns über die Kinder (10 und 12), über unsere beiden Hunde (2 ¾ und 15), das schlechte Wetter (3 Wochen). Ich mag Heinz nicht einfach nach seinem Alter fragen - er sollte irgendetwas Außergewöhnliches unternehmen, damit er mal in der Zeitung (79) kommt.

Cindy, oh Cindy

„Bitte warte nicht mit dem Essen auf mich, es wird etwas später."

Was ist das für ein blöder Satz, dachte Andrea, wie in einem schlechten Roman. Sie blinzelte über ihrer Kaffeetasse in das Gesicht ihres Mannes, der sich gerade seinen zweiten Toast dick mit Käse belegte.

„So?" fragte sie, „was ist denn los?"

Gelangweilt erzählte er ihr von einem Projekt, das zu einem bestimmten Termin fertiggestellt werden muss. Deswegen hatte Jürgens Chef die Überstunden angeordnet.

„Ach so", lächelte sie ihn an. „Und ich dachte schon, du wärst so unintelligent, dir für eine Affaire keine bessere Ausrede einfallen zu lassen."

„Affaire?" nuschelte er kauend. „Das traust du mir zu?" Dabei lachten seine braunen Augen sie liebevoll an. So wie sie es die letzten zwanzig Jahre getan hatten.

Jürgen war aus dem Haus, Andrea machte sich auf den Weg zu ihrem Halbtagsjob als Verkäuferin. Dieser Job bot ihr eine willkommene Abwechslung. Obwohl sie es finanziell nicht nötig hatten, wie Jürgen immer wieder betonte, fiel ihr zu Hause die Decke auf den Kopf. Während der Busfahrt ging ihr durch den Kopf, dass ihr Leben doch eigentlich sehr eintönig und langweilig war. Ob Jürgen auch so empfand? Sie waren jetzt schon so viele Jahre verheiratet, und es gab kaum noch Highlights in ihrem Leben. Irgendwie hatte sie an diesem Tag nicht so gute Laune, wie man das von ihr gewöhnt war.

Und dann kam der alles verändernde Nachmittag.

Ein Nachmittag, der mit Hausarbeiten verplant war. Andrea musste waschen, abwaschen, einkaufen, das Abendessen vorbereiten, Hausfrauenarbeiten eben. Sie war gerade in der Waschküche und hängte Wäsche auf.

5

Auf dem gemusterten Edel-Oberhemd, das sie ihm zum letzten Geburtstag geschenkt hatte, prangte ein blauer Tintenfleck. Sie fasste in die Brusttasche und zog einen nassen Notizzettel hervor. „Cindy Telefon 43714" stand auf dem Zettel. Wie erstarrt stand sie da, das nasse Hemd über dem Arm. Fassungslos auf die Notiz starrend. Was sollte sie davon halten? War das das Ende? Betrügte Jürgen sie tatsächlich? Und das mit einer Cindy? Der Name ließ nicht gerade seine Sekretärin vermuten, sie dachte dabei eher an Damen, die... na ja.

Sie hängte die Wäsche nicht weiter auf, sondern sie stapfte entkräftet die Treppe hinauf. Andrea wusste nicht, was sie jetzt tun sollte. Bei ihrer besten Freundin Sabine holte sie sich telefonisch Rat. Sabine versuchte so gut sie konnte, Andrea aufzumuntern, doch ohne Erfolg. Auch Sabine war erschüttert.

Andrea verzog sich ins Bett und heulte den ganzen Nachmittag. Es konnte nicht wahr sein, was er ihr angetan hatte. Doch bis zum Abend, als sie Jürgen zurück erwartete, hatte sie sich zusammengerissen. Sie musste jetzt einen klaren Kopf behalten. Sie hatte beschlossen, ihn nicht darauf anzusprechen, sondern nach weiteren Indizien zu fahnden.

„Na, hast du alles geschafft?" fragte sie ihn beim Abendessen.

„Ja, wir sind fertig geworden, morgen komme ich wieder pünktlich, mein Schatz!"

Mein Schatz, hatte er gesagt, ohne mit der Wimper zu zucken. War am Ende doch nichts? Doch was sollte Cindys Telefonnummer?

Am folgenden Nachmittag beschloss Andrea, sich Klarheit zu verschaffen. Sie hielt den Druck einfach nicht mehr aus. Diese Ungewissheit hatte sie schon die ganze Nacht nicht schlafen lassen. Da sie sich nicht zutraute, Jürgen bei seinem Geständnis direkt in die Augen zu sehen, rief sie ihn im Büro an. „Nein, Frau Mönkeberg, Ihr Mann hat sich doch für den Nachmittag frei genommen." Wie eine heiße Welle durchfuhr der Satz ihren Körper. Also doch! „Ach ja, natürlich, das hatte ich ganz vergessen", log sie und legte den Telefonhörer auf.

Also jetzt. Flucht nach vorn. Sie hob den Hörer erneut ab und wählte 43714. Endlos lange klingelte es am anderen Ende. Ob Jürgen gerade bei ihr war? Sie hatte sich einen passenden Satz zurecht gelegt. „Hallo, hier Venten." Die Stimme klang freundlich und offen, nicht wie eine „Cindy". Andrea hüstelte. „Kann ich bitte Cindy haben?" Andreas Herz klopfte wie nie. Würde Cindy die Affaire zugeben? Was sollte sie, Andrea, sagen, wenn sie alles abstritt?" Die freundliche Stimme am anderen Ende der Strippe sagte: „Cindy, das tut mir leid, die ist schon vergeben, aber bitte kommen Sie doch einfach vorbei, wir haben ja noch andere im Angebot."

„Nein danke!" Wofür hielt die sie??? Sie war bedient. So was Unerhörtes! Also war Cindy doch eine Nutte, und in dem Etablissement schien es den Damen egal zu sein, ob ihre Kunden Männlein oder Weiblein waren. Igitt!!! Und das ihr Jürgen. Na, der konnte was erleben!

Ganz ruhig und cool überlegte sie die nächsten Schritte. Ohne lange drumherumzureden würde sie ihn heute Abend zur Rede stellen. Sie würde ihm unmissverständlich klar machen, dass ein Weiterbestehen der Ehe für sie nicht in Frage kam. Sie würde sich einen Anwalt nehmen, damit sie so schnell wie möglich geschieden werden könnten. Tief holte sie Luft. So einfach war das also. Zwanzig Jahre an einem einzigen Nachmittag zerstört. Sie würde heute Abend noch ausziehen. Bei Sabine war immer das Gästezimmer frei für sie. Das hatte sie schon mit der Freundin besprochen.

Es wurde sechs Uhr, um die Zeit kam Jürgen für gewöhnlich nach Hause. Unruhig lief sie in der Wohnung auf und ab. Rasender Puls, feuchte Hände. Aber sie musste einen klaren Schlussstrich ziehen, sie würde sich auf keine Diskussion einlassen. Und sie würde auch nicht auf Bitten und Betteln reagieren. Sie würde nie mehr mit einem Mann glücklich werden können, der statt mit ihr über eventuelle Sexprobleme zu reden, sich schnurstracks dem nächstbesten Flittchen an den Hals warf. Nie!!!

Der Schlüssel drehte sich im Haustürschloss. Andreas Aufregung war auf dem Höhepunkt, ihre Hände schweißnass. Jürgen polterte umständlich auf dem Flur herum. Durch die getönte Glasscheibe der Wohnzimmertür konnte sie ihn sehen, wie er mit irgendetwas herum hantierte. Er öffnete die Tür, langsam, viel zu langsam ihrer Meinung nach. Dann steckte er den Kopf zwischen Tür und Wand herein und grinste breit über das ganze Gesicht. In Andrea kochte es. Der besaß doch tatsächlich die Frechheit, sich durch sein Grienen unverdächtig machen zu wollen. Da erschien der ganze Jürgen, im Arm das wonnigste Fellbündel, das Andrea je gesehen hatte. „Darf ich vorstellen? Das ist Cindy, ein Retreiver-Mädchen, neun Wochen alt und leider noch nicht stubenrein." Es tropfte an seiner Hand herunter. „Du warst in letzter Zeit so bedrückt. Gefällt sie dir?"

Computer sind auch nur Menschen

Wieviele Computer braucht ein Durchschnittshaushalt? Einen? Zwei? Naja, das kommt wohl ganz auf die Mitglieder des Haushaltes an. Wenn's nach meinen Männern (Ehe- und Sohnemann) ginge, dann hätten wir mindestens fünf solcher Rechenwunder im Hause. Aber Gott sei Dank geht es nicht immer nach deren Nasen. Ein bisschen habe ich auch noch mitzureden. Noch so'n Teil kommt mir nicht ins Haus. Obwohl die beiden seit Wochen auf mich einreden und mir in den schönsten Tönen und mit einschmeichelnder Stimme klarzumachen versuchen, welche Vorteile ein weiterer Computer mit sich bringen würde.

Der Neue hätte vierhundert Megahertz. Ach, sieh mal an. Mein eines, kleines Megaherz reicht ihnen wohl plötzlich nicht mehr, oder wie? Wortreich erklären sie mir, wieviel schneller er ist. Wenn man ihn anmacht, ginge es viel, viel schneller bis man arbeiten kann. Eine sehr interessante Computerreaktion. Bei mir ist das anders, ziemlich anders sogar. Wenn man mich anmacht, dann arbeite ich nämlich gar nicht!

Auch der Sound wäre besser, sagen sie. Das mag ja sein, aber sie sollten sich mal meinen ganz persönlichen Sound anhören, wenn ich nach Abbuchung der Rechnung unserer Kontoauszüge angesichtig werde. Ach ja, und eine ganz tolle Grafik hätte er auch noch! Was sich positiv auf die Spiele auswirken würde. Tolle Grafik, das ich nicht lache. Die beiden sollten mal raus in die Natur gehen und was erleben. Merke: Das Leben ist wie ein Abenteuerspiel – hat aber 'ne verdammt gute Grafik.

All das konnte mich nicht überzeugen. Aber so schnell gibt ein Mann bekanntlich ja nicht auf. Zwei Männer schon gar nicht. Mein Sohn versucht's mit folgender Erklärung: „Der neue Computer hat einen viel größeren Speicher. Wenn bei einem Spiel zum Beispiel ein Haus, ein Hubschrauber und ein Auto beteiligt sind, kann man viel schneller spielen. Beim alten Rechner passt nur ein Haus in den Speicher, dann muss er das Haus erst rausschmeißen, bevor er den Hubschrauber rein nehmen kann. Mit dem Auto geht das ebenso." Aha. Das leuchtet mir nun wirklich ein. Also gut, wir nehmen den Computer, auf unserem Speicher war schon immer zu wenig Platz. Bloß: Woher nehme ich jetzt auf die Schnelle einen Hubschrauber?

Schlau wie mein Sohn nun einmal ist, hat er die Ironie bemerkt. Er kommt auch gleich mit anderen, noch einleuchtenderen Argumenten. Wenn man viele Programme geladen hat, dann würde sich der Computer auch nicht mehr so oft aufhängen... Ich kann den Rechner verstehen. Es gibt Momente im Leben eines Computers, da sieht man einfach keinen Ausweg mehr.

Ach ja, und eine bessere Auflösung hätte der Bildschirm auch. Na dann! Das mit der Auflösung ist nun wirklich ein Grund. Wenn man damit Unliebsames auflösen kann. Ich hätte da schon ein paar Ideen...

Dann klappt's auch mit dem Nachbarn

Kein Tag ohne Reklame. Wir werden mit Werbebotschaften so bombadiert, dass es wohl kaum einem gelingt, sich dem zu entziehen. Die Werbeexperten geben sich große Mühe, um uns dahingehend zu beeinflussen, ihre Produkte käuflich zu erwerben. Radio, Fernsehen, Zeitschriften, selbst die gute alte Litfaßsäule gibt es noch, verkünden uns täglich, mit welcher Zahnpasta wir unsere Beißerchen, mit welchem Waschmittel wir unsere Wäsche und mit welchem Wein wir unseren Geist pflegen sollen. Die Werbestrategen schicken uns kleine bunte Filmchen zur Abendbrotzeit ins Wohnzimmer in der Hoffnung, wir fallen auf die Botschaft herein und kaufen umgehend, spätestens am nächsten Tag, ihr Produkt. Manche Werbung ist wirklich gut, zugegeben. Aber das sind die Aus nahmen. Wenn eine Firma zum Beispiel durch Illustrierte oder auf anderem Wege den Konsumenten Warenproben zukommen lässt. Dann kann man sich ein ehrliches Bild machen und entscheiden, ob man das Angebotene gebrauchen kann oder nicht.

Für die Werbeexperten ist die Fernsehwerbung sehr wichtig. Sie richten sich nach den Einschaltquoten bestimmter Sendungen, um sicher zu sein, dass ihre Werbung auch bei möglichst vielen potentiellen Käufern ankommt. Ha, wenn die wüssten! Mindestens achtzig Prozent der Fernseh-Gucker gehen nämlich in der Werbepause mal für kleine Buchhalterinnen/oder Bürokaufmänner, je nach dem. Da nützt es wenig, wenn die Lautstärke einige Dezibel höher gedreht wird, bekanntlich schließen die meisten Leute hinter sich die Tür, wenn sie das stille Örtchen aufsuchen. So entzieht man sich erfolgreich der Beeinflussung durch Fernsehwerbung. Ein- zwei Werbepausen pro Film kann man gut auf die oben genannte Weise nutzen, schwerer hat man's schon, wenn man so ein unverbesserlicher Tennis-Gucker ist wie ich. So oft wie es beim Tennis Seitenwechsel gibt, muss niemand. Aber, dass man während einer mehrstündigen Tennisübertragung der permanenten Werbung ausgesetzt ist, das wäre ja noch nicht das Schlimmste. Das, was einem wirklich an die Nerven geht ist, dass man in jeder Werbepause permanent mit den gleichen Filmchen berieselt wird. Spätestens nach dem siebzehnten Mal kann die Ich-als-Zzzzaaanaaazztfrau froh sein, dass ich weder ihren Namen noch ihre Adresse kenne. Oder ich kann froh sein, wie man's nimmt (auf Beleidigung und/oder Beschimpfung steht Strafe, oder? Auf jeden Fall auf Körperverletzung).

Es gibt Reklamen, die gut und witzig sind und die sich auf immer und ewig in ein Menschengehirn einprägen (ich denke an: „Ah, ein Schtaatmänsch!!" oder „Dann klappt's – was immer damit gemeint ist – auch mit dem Nachbarn!") Und es gibt welche, die schlicht nicht zu verstehen sind. Davon werden tagtäglich unzählige gesendet, doch ich will es der Einfachheit halber bei zwei Beispielen belassen: 1. Was denken sich doch die Reklamemacher für einen Quatsch aus! Da springt eine splitterfasernackte Dame in einen Gebirgssee, schwimmt ein bisschen herum, gelangt wieder ans Ufer und greift sich (wer hätte etwas anderes erwartet?) eine Packung leckerer Margarine aus dem Wasser. Sodann läuft sie, natürlich immer noch unbekleidet, zu einem am Strand liegenden Herrn, der ist praktischer weise auch nackt. Sie kommt nun mit ihrer Margarine und die beiden herzen sich, dass es nur so eine Freude ist. Klar, schließlich wäre jeder glücklich, eine Packung Margarine zu besitzen und noch dazu einen nackten Herrn. Na ja. 2. Ein Luxusschiff auf dem großen weiten Meer. Eine ebenso leicht- wie elegant gekleidete und sehr entspannt dreinblickende Dame ruft: „Warum haben Sie das getan?" Ein in Ehren ergrauter Herr in Shorts und Pullover erwidert, sehr logisch, während ein Steward (nein, nicht Sascha Hehn) einen Kaffee serviert: „Waren Sie schon einmal verliebt? Richtig verliebt?" Die Elegante muss ein Weilchen nachdenken, kommt dann aber doch zu dem Schluss und antwortet – ebenso logisch - „Nein." Das ist – zugegeben – eine schöne Szene. Aber: Wen um alles in der Welt regt das zum Kauf einer bestimmten Kaffeemarke an? Ich verstehe das bestimmt nur deswegen nicht, weil es nicht meine Art ist, leicht bekleidet auf Traumschiffen herumzusitzen. Vielleicht bin ich auch einfach nur zu naiv, um den tieferen Sinn solcher Werbungen zu kapieren. Mag sein. Trotzdem: Den Experten ist jedes Mittel recht, um uns dazu zu überreden, ihr Produkt zu kaufen. Wenn es nicht über die Werbung gelingt, so erhoffen sie sich von einem vielversprechenden Namen überwältigende Verkaufserfolge.

Das glauben Sie nicht? Würden Sie etwa ein Waschmittel kaufen, das „reinigende Substanzen" enthält? Nein, wir kaufen das mit der „Weiß-weißer-geht's-nicht-Formel". Mindestens. Besser noch das mit Megaperls! Was um alles in der Welt sind Megaperls? Was Perlen sind, weiß jedes Kind, doch das, was sich in dem Waschmittel befindet, hat mit den schimmernden Perlmuttgebilden aus den Muscheln nichts zu tun. Es sind kleine Kügelchen. Und die sind eben klein, nicht mega. Oder: Wer heute schlichtes Mineralwasser kauft, tut dies heimlich, denn wer was auf sich hält, greift natürlich zu „the Queen of Tablewaters." Très chique, ganz in ausländisch. Die schlichte Tagescreme ist keine solche mehr, sondern hat den sensationellen „Beauty-Faktor", und etwas gegen den Zahn der Zeit enthält das „Anti-Aging-System". Glauben die wirklich, wir aufgeschlossene Menschen fallen auf so einen Dummquatsch herein?

Leider glauben es die Werbefachleute wirklich. Und: Leider haben sie auch oft Recht. Auch ich unterlag kürzlich der Magie der Worte. Sohni wünschte sich eine Soft-Air. Weiche Luft also. Ich meinte gedankenverloren, er könne sich ruhig so etwas von seinem Taschengeld kaufen, wenn er es sich so wünschte. Was glauben Sie, was eine Soft-Air ist? Eine täuschend echt aussehende Pistole, die mit Munition schießen kann, und für die man meiner Meinung nach einen Waffenschein benötigt. Zumindest würde eine Nichtfachfrau wie ich darauf hereinfallen, wenn man sie mir mit entsprechenden Drohungen unter die Nase hielte. Weiche Luft! Dieses Beispiel hat wenigstens mich dazu gebracht, genauer hinzuhören, was hinter großen Werbeworten steckt.

Ich will und werde mich nicht mehr von der Werbung beeinflussen lassen. Ich treffe meine Kaufentscheidungen ab sofort mit Hilfe meines gesunden Menschenverstandes. Ob mir das wirklich gelingen wird? Wahrscheinlich nicht immer, aber immer öfter.

Das Glück liegt auf der Straße

„Komm hier her, Charley! Was willst du da?" befahl Helen ihrem Dalmatinerrüden. Der normalerweise sehr wohlerzogene Hund hatte sich mit all seiner Kraft ins Halsband gelegt, um zu dem hellbraunen Mischling zu gelangen, der neben seinem Herrchen saß. Sein Herrchen war ein Bettler, ein Penner im dunkelgrünen Parka mit zerzausten Haaren, schmutzigem Gesicht und finsteren, leer vor sich hin starrenden Augen. Charley hatte aus nur ihm bekannten Gründen ein Rieseninteresse an dem Hund des Obdachlosen. Helen blieb nichts anderes übrig, als ihrem Liebling nachzugeben und ihm zu erlauben, sich ausgiebig mit dem Objekt seiner Begierde zu beschnüffeln.

„Na, nun ist es gut." Helen zog Charley weg von dem Typ, der auf einer zerschlissenen Wolldecke saß, ein Pappschild neben sich aufgestellt mit den ungelenken Worten „Bitte eine kleine Spende für Honey und mich." Honey. Aha. Das war wohl seine Hündin. Vermutlich gerade läufig. Charley machte Anzeichen großen Entzükkens. Seine Rute wedelte so sehr, dass gleich das ganze Hinterteil mit wedelte, er tanzte förmlich um Honey herum. Honey ihrerseits beantwortete Charleys Werben ebenfalls mit freundlichem aber nicht zu aufdringlichem Schwanzwedeln. Was war aus ihrem so gehorsamen Charley geworden? So hatte er sich ja noch nie benommen.

„Die mögen sich, die beiden." Aus trüben Augen blickte sie der Bettler an. Irgendwie war es ihr peinlich, dass sie sich nun quasi auf ein Gespräch mit einem Penner einließ. „Ja, ja", antwortete sie schnell und kramte in ihrer Handtasche nach dem Portemonnaie. Sie warf dem Bettler schnell eine Münze in die aufgestellte Blechbüchse, um dann möglichst schnell zu verschwinden.

Doch Helen hatte die Rechnung ohne ihren Liebling gemacht. Charley war beim Anblick Honeys dermaßen aus dem Häuschen, dass er sich absolut nicht an seine gute Kinderstube erinnern konnte. Doch schließlich gelang es Helen, ihren Hund von der Hündin loszureißen. „Vielen, vielen Dank, schöne Dame", hatte ihr der Penner hinterher gerufen. Sie dachte auf dem Nachhauseweg über ihn nach. Wie kam jemand darauf, sich an eine Straßenecke zu setzen, im Sommer und im Winter. Bei gutem und bei schlechtem Wetter, um um ein paar Münzen zu betteln. Wofür gab er das Geld aus? Für Alkohol? Für Lebensmittel? Und für Hundefutter? Was um alles in der Welt mag einen jungen Menschen dazu bewegen, sich so zu erniedrigen. Denn der Besitzer von Honey war sicher so um die dreißig, also kaum älter als sie. Was brachte einen Menschen in unserem Rechtsstaat dazu, betteln zu gehen? Helen fielen auf Anhieb hunderte von Möglichkeiten ein, die ein junger Man hatte, um auf angenehmere und würdigere Weise zu Geld zu kommen.

Wieso hielten sich die meisten Obdachlosen einen Hund? Waren sie fast allesamt besonders tierlieb, oder versuchten sie damit nur, das Mitleid der potenziellen „Kunden" anzusprechen? Vielleicht traf beides zu, denn man konnte sehen, dass die Hunde zufrieden und ausgeglichen waren. Sie mochten ihre Vierbeiner, ohne Frage.

Helen hatte es sich vor dem Kamin auf dem Ledersofa gemütlich gemacht. Charley lag neben ihr und scharrte im Traum mit den Füßen. Wovon träumt er jetzt wohl? Bestimmt von seiner neuen „Freundin".

Nach einigen Tagen führte Helens Weg wieder an der Stelle vorbei, wo sie den Bettler getroffen hatte. Charley hatte sofort an der Leine gezogen, als sie um die Ecke bogen. Sie sah ihn zusammengekauert auf seiner Decke sitzen, den zu einer Schnecke zusammengerollten Hund neben sich, beide schienen auf einen Punkt auf dem

Asphalt zu starren. Helen wollte möglichst unauffällig an den beiden vorbeigehen, doch ihr Dalmatiner hatte etwas Anderes vor. Das gepunktete Fellbündel an ihrer Leine hatte sich in die pure Lebens- und Wiedersehensfreude verwandelt und zog mit unbändiger Kraft auf Honey und ihren Besitzer zu. Während die Hunde sich begrüßten, hatte Helen Gelegenheit, sich den Mann genauer zu betrachten. Er sah eigentlich gar nicht schlecht aus. Frisch gewaschen und gebügelt, neu eingekleidet, stellte sie ihn sich sogar durchaus attraktiv vor.

„Ach, da sind Sie ja wieder, Honey hat sich schon nach Ihrem Hund gesehnt. Honey und ich, um genauer zu sein."

„Ach ja?" Helen wirkte unbeholfen. Ihr war etwas komisch zumute. Wenn sie nun einer ihrer Geschäftspartner sehen würde, wie sie mit einem Penner redete. Na, da gäbe ein Getratsche!

„Sie sind ein guter Mensch, meine Honey spürt so was sofort." Der Bettler sprach mit erstaunlich tiefer, fester Stimme. Wieso hatte sie immer geglaubt, Penner seien grundsätzlich betrunken und nicht Herr ihrer Sinne. Dieser Mensch vor ihr auf dem Boden jedenfalls schien jedenfalls sehr wach und aufmerksam zu sein. Verlegen sah sie zur Seite. Er sagte:„Doch, doch. Nicht nur meine Hündin spürt das. Sie sind sehr nett."

„Ach, äh, ähem." Helen stammelte irgendetwas, das wie danke klingen sollte und warf schnell ein Fünfmarkstück in die Blechbüchse.

So sehr Helen sich auch bemühte, ihr ging dieser Penner nicht aus dem Kopf. Sie verstand sich selber nicht mehr. Normalerweise interessierte sie sich in erster Linie bei Männern für ihr Outfit. Der erste Eindruck war sehr entscheidend für sie. Dabei kam es ihr nicht darauf an, ob ein Mann nun Jeans und T-Shirt oder einen Anzug bevorzugte, ihr war es wichtig, dass jemand etwas darstellte. Dass ein Mann wirkte. Eben einfach das gewisse Etwas hatte. Gepflegt musste er sein und einen klaren Blick haben. Kein Penner in stinkenden, dreckigen Klamotten. Der auf dem Asphalt vor Karstadt hauste. – Welchen Weg nahmen ihre Gedanken? Sie erschrak, weil sie sich dabei ertappte, wie sie mit Wohlwollen an den Penner dachte. Honey, dachte sie, der Name würde auch zu ihm passen. Irgendwo unter seiner Dreckschicht war er irgendwie... ja, irgendwie war er süß. Er war kein schlechter Mensch. Das hatte sie schon beim ersten Treffen gespürt, nicht erst, seit er ihr ein Kompliment gemacht hatte. Sie nahm sich vor, bei der nächsten sich bietenden Gelegenheit ihn aufzusuchen, um ihn zu fragen, wieso es bei ihm so weit gekommen war.

Obwohl sich ehrlich gesagt keine Gelegenheit ergab, fand sie einen Grund, um in die Stadt zu gehen. Natürlich in Begleitung von Charley. Der zog auch gleich ganz aufgeregt an der Leine, als sie um die Ecke bogen. Doch der Platz, auf dem Honey mit ihrem Herrchen gehaust hatten, war leer. Nachdenklich gingen Frauchen und Hund durch die Stadt nach Hause. Helen war verwirrt. Wie konnte es passieren, dass sie sich von einem Penner angezogen fühlte? Sie, gerade sie, die immer auf einen gewissen gesellschaftlichen Stand Wert gelegt hatte.

In den folgenden Wochen ertappte sie sich immer wieder dabei, wie sie an ihn dachte. Was mochte wohl aus ihm geworden sein? Hatte er sich einen anderen Standort gesucht? Oder war ihm etwas zugestoßen? Zuerst häufig, später immer seltener, kam sie an den Ort zurück. In der stillen Hoffnung, ihn dort zu treffen. An einem regnerischen Sonnabendmorgen sah sie, als sie um die Ecke bog, Herr und Hund auf der ausgebreiteten Decke. Sie beschleunigte ihre Schritte, doch als sie näher kam, sah sie, dass dort jemand anders saß. Selbst Charley zog traurig seinen Schwanz ein und trottete hängenden Hauptes neben ihr her.

Die Begegnung mit dem Penner hatte Helen die Augen geöffnet. Sie, die seit sie sich erinnern konnte, großen Wert auf Äußerlichkeiten gelegt hatte, fing an, sich Gedanken darüber zu machen, was den Wert, die Ausstrahlung, den Charme eines Menschen ausmachte. Ihr ganzes Weltbild war ein wenig ins Wanken geraten, ihre Werte waren andere geworden. Und so dachte sie noch oft an den Bettler auf der Decke, an Honey, seinen Mischlingshund. Auch so etwas wäre für sie früher nie in Frage gekommen. Wenn schon ein Hund, dann musste es ein „hochwertiger" und teurer Rassehund sein. Im Stillen dankte sie ihm oft. Sie bedankte sich dafür, dass er, ohne es zu wissen, einen besseren Menschen aus ihr gemacht hatte.

Es war jetzt genau sechs Wochen her, seit sie ihm begegnet war. Und sie musste sich, wenn sie ganz ehrlich war, eingestehen, dass sie immer noch hoffte, ihn wiederzusehen. Doch vergeblich. So oft sie auch durch die Fußgängerzone an Karstadt vorbeilief, er war nie da.

Irgendwie war sie frustriert. Sie wünschte sich ein Wiedersehen mit ihm. Sie hatte so viele Fragen an den Mann, der trotz seines traurigen Blickes Wärme auf sie ausgestrahlt hatte. Der so viel Gutes in ihr bewirkt hatte. Wenn sich schon bei einem etwaigen Wiedersehen nichts zwischen ihnen ergeben würde, so wünschte sie sich doch die Gelegenheit, ihm zu danken. Doch es gab keine Möglichkeit. Was sollte sie tun? Irgendeinen x-beliebigen Penner ansprechen, ob er einen Kollegen kannte, der sehr warmherzig war, der wunderbare braune Augen hatte, und einen Mischlingshund besaß?

Frustriert kaufte sie sich im nächsten Kiosk einen Piccolo und eine Stapel Zeitschriften. Genau die richtigen Dinge, um sich einen Sonnabendnachmittag zu versüßen. Es wurde endlich Zeit, dass sie sich diesen Menschen aus dem Kopf schlug.

Helen hatte sich bäuchlings auf ihr Sofa gelegt, genoss den Sekt und schmökerte in den Illustrierten. Ja, das war ein Leben. Was wollte sie mehr? Sie las Berichte über sich trennende Promi-Ehepaare, über die Essgewohnheiten von gewissen Schauspielern, sie wurde informiert, wie sich eine berühmte Talk-Masterin fit hielt. Seite um Seite unterhaltsamer Tratsch. Genüsslich blätterte sie um. Ihr sprang die fettgedruckte Überschrift entgegen: Drei Wochen zwischen Pennern auf der Straße. Und der Untertitel: Wie unser Starreporter Hannes Roth die Welt der Obdachlosen erlebte. Es war auch ein Bild von ihm abgebildet. Er war es. Ihr Honey.

Deutsche Sprache – schwere Sprache

In der letzten Zeit liest und hört man immer wieder von Sprachschützern, die sich dafür einsetzen, dass die deutsche Sprache nicht mit ausländischen Wörtern durchsetzt werden soll. Von Kauderwelsch ist die Rede, und dass unsere Sprache verunglimpft wird.

Bisher dachte ich immer, eine Sprache lebt, sie verändert sich wie die Menschen, die sie sprechen. Ich hatte das immer positiv gesehen. Aber nun haben mich diese Berichte doch nachdenklich gemacht. Vielleicht reden wir wirklich zu viel ausländisch.

Einen ganzen Tag lang werde ich mal kein ausländisches Wort gebrauchen. Jeden dieser Begriffe werde ich durch einen deutschen Ausdruck ersetzen. Das wäre doch gelacht, wenn ich das nicht könnte.

Ich tapse morgens ins Badezimmer und putze mir die Zähne mit Zahnpasta. Pasta ist italienisch und heißt Teig. Na gut, ich putze also mit Zahnteig, meinetwegen. Weil ich nicht stinken will, benutze ich ein Deo. Deo kommt von Deodorant, das wiederum kommt von Desodorant. Und ich habe meine Zweifel, ob das so ganz urdeutsch ist. Um keinen sprachlichen Fehler zu machen: Ich benutze ein aus keimhemmenden Stoffen bestehendes Mittel mit Parfumzusatz. Parfum geht auch nicht, ist französisch. Das keimhemmende Mittel riecht also gut. Der morgendliche Wetterbericht im Radio (ist Radio etwa auch nicht deutsch?) entscheidet, ob ich zum Te-Hemd oder zum Ziehüber greife. Nach dem Frühstück, es gibt Mais-Flocken, fahre ich im Auto ins Büro. Auto ist die Abkürzung (auch die sind von Sprachschützern verpönt) von Automobil, was so viel heißt wie selbst fahrbar. Na ja. Endlich im Büro angekommen, schalte ich als erstes den Computer an. To compute bedeutet schlicht und einfach rechnen. Also, der Rechner wird eingeschaltet. Wir haben gerade neue Software, pardon, nein Entschuldigung, Programme bekommen. Ein Schreibprogramm namens Works. Das heißt so viel wie arbeiten und leuchtet spontan ein. Leider spinnt heute der Rechner, ein Programm ist abgestürzt, aber man kann einfach die Heiß-Linie anrufen, die helfen schnell.

In der Mittagspause gehe ich mit meiner Kollegin durch die Stadt. Wir leisten uns ein Weich-Eis und einen Hamb.., gewürztes und gebratenes Rinderhackfleisch in einem Milchbrötchen.

Am Nachmittag benötigt mein Chef, nein, mein Vorgesetzter, Informationen (Mensch, das ist ja viel schwerer als ich dachte). Am schnellsten kommt man an Wissen, in dem man sich in das Zwischen-Netz einwählt. Wunderbar, die heutige Technik!

Irgendwann ist endlich Feierabend! Zu Hause entspannen sich meine Familie und ich auf unterschiedliche Art und Weise. Der Sohn fährt draußen In-einer-Reihe-Rollschuhe, der Ehemann liest ein bisschen im Spieljungen und ich höre meine Lieblingsmusik aus dem Feste-Scheiben-Spieler.

Nun habe ich mich brav durch den sprachlich reinen Tag gequält, habe aufs Genaueste Deutsches von Ausländischem getrennt. Ich habe mir wirklich große Mühe gegeben und eine Belohnung verdient. Also gehe ich zum Italiener und bestelle als erstes einen starken italienischen Kaffee mit aufgeschäumter Milch, etwas Sahne und Schokostreusel. Paolo hat schon ein bisschen blöde geguckt, weil ich sonst immer Cappuccino trinke. Und wie dumm der dreingeschaut hat, als ich, ganz kühl, Mafiatorte bestellte!

Die Erbinnen des Sisyphus?

Den undankbarsten Beruf haben, wer will das bestreiten, die Hausfrauen und –männer. In jedem anderen Job bekommt man, wenigstens hin und wieder, Anerkennung. Gelegentlich in Form eines „Gut gemacht, Müller" oder sonstwie ein Lob des Chefs, aber auf jeden Fall durch die Zahlung des Gehalts am Monatsende. Das alles entgeht einer Hausfrau (Der Einfachheit halber soll hier nur von den Frauen geredet werden, denn, was den Beruf der/des Hausfrau/mannes angeht, sind sie wirklich in der Überzahl). Sie bekommt kaum Lob, oder hat es etwa schon irgendwann einmal jemand erlebt, dass ein Familienmitglied freudig ausruft: „Oh, toll, die gebügelte Wäsche im Schrank, danke schön. Wie du das nur wieder hingekriegt hast!" Oder, auch nie dagewesen, obwohl die Werbung uns etwas anderes weismachen will: „Wie wunderbar deine Fußböden glänzen, wie machst du das nur?" Erschwerend kommt noch hinzu, dass Hausfrauenarbeit eine Sisyphus-Arbeit ist. Sisyphus, das war doch der griechische Sagenheld, der zur Strafe in der Unterwelt einen Felsblock einen Berg hinauf rollen musste, und immer, wenn er fast am Gipfel war, rollte der Felsblock wieder hinunter. So ähnlich ergeht es der Hausfrau auch. Immer, wenn man meint, man sei endlich fertig, kann man wieder von vorne anfangen. Da wir, Gott sei Dank, keine griechischen Sagengestalten sind, sondern bloß Hausfrauen, müssen wir keine Felsblöcke schleppen, aber die niemals leer werdende Wäschetruhe ist auch Strafe genug. So viel zu Sisyphus.

Die meisten von uns fügen uns in unser Schicksal und murren nicht. Kaum jedenfalls. Nur ab und zu denken wir daran, dass es schön wäre, wenn man, wie in den allermeisten Berufen üblich, wenigstens ein Gehalt bekäme. Aber: Fehlanzeige. Welche Gemeinheit! Ich finde, es ist an der Zeit, dass dem Gerede über die Emanzipation endlich Taten folgen. Taten in Form von vollster Anerkennung der Hausarbeit. Von aller Hausarbeit. Denn, das muss ich der Richtigkeit zuliebe zugeben, es gibt doch einen Bereich der Hausarbeit, für den man gelobt wird. Und das ist das Kochen. Jedenfalls sollte es so sein, wenn die Männer und übrigen Familienmitglieder einigermaßen wohlerzogen sind. Notfalls muss man einfach mal nachfragen: „Schmeckt's?" Doch, da bekommt frau endlich das ersehnte positive Feedback. Darum kochen wohl auch viele Frauen ganz gerne.

Halt! Da beschleicht mich gerade ein für die Männer nicht besonders schmeichelhafter Gedanke: Wenn man einen Mann fragt, welche aller Hausarbeit er am liebsten tut, was antworten die meisten? Ganz bestimmt nicht bügeln oder Kellertreppen schrubben. Genau! Sie kochen gerne. Klar, wegen der Anerkennung.

Um so betrüblicher ist, was ich regelmäßig zur Antwort bekomme, was sich die Familie am Sonntag zum Essen wünscht. Mann und Sohn sind sich einig: „Wir könnten mal wieder Essen gehen!" In mir keimt der Verdacht, dass sie auf die Frage nach dem Wohlgeschmack nur aus Höflichkeit positiv antworten. Warum sonst wollen sie bei jeder Gelegenheit Essen gehen? Ich bin traurig und niedergeschlagen. Nichtmal diese kleine Anerkennung wird mir zuteil. Die beiden verneinen das natürlich vehement. Sie wollen mir nur die Arbeit erleichtern. Aha. Das kann ja jeder sagen.

Gestern sagte mir Sohni etwas, was mich doch noch freudig stimmte. Wir beratschlagten mal wieder, welches Restaurant wir am Sonntag heimsuchen wollten. Da meinte er: „Es müsste ein Restaurant geben, das „Mama" heißt. Wo's all das, gibt, was du immer kochst."

Na bitte, es geht doch mit der Anerkennung!

Dinge, die die (Frauen-) Welt nicht braucht

Die Leute stellen 'ne Menge Dinge her, die niemand braucht. Warum tun die das? Sinnloses Zeug herstellen? Na ja, das ist ihr Bier, wenn's ihnen halt Spaß macht, dann sollen sie doch. Eines wundert mich allerdings: Viele, ich glaube sogar, die allermeisten der Sachen, die niemand braucht, werden für Frauen hergestellt. Wollen die Hersteller uns damit ärgern? Oder einfach nur auf den Arm nehmen? Für dumm verkaufen etwa?

Was zum Beispiel will die Welt mit raffinierten Verschlüssen von Damenarmbändern, die so konstruiert sind, dass man sie nur mit zwei Händen öffnen bzw. schließen kann? Wollen sie uns demonstrieren, dass wir nur schön und bearmbandet sind, wenn wir einen Mann oder zumindest eine weitere Person an unserer Seite haben?

Ein schönes Beispiel für die Herstellung von Gegenständen für Frauen, an denen aber gerade die Frauen verzweifeln, sind Ceranfelder. Wunderschön und blitzblank sehen sie aus und sind eine Zierde für jede Küche. Allerdings nur in der halben Stunde, in der der Handwerker, der den Herd eingebaut hat, die Wohnung verlassen hat und die Hausfrau noch nicht mit der Zubereitung des Mittagessens begonnen hat. Von den Ausnahmen einmal abgesehen, bei denen die Konstellation Ceranfeld und Hausfrau aus Leidenschaft zutrifft.

Die Menschen erfinden die abenteuerlichsten Maschinen. Computer, die Dinge können, was man sich noch vor ein paar Jahren nicht einmal in seinen kühnsten Träumen hätte vorstellen können. Statt solch unnützes Zeug zu produzieren, sollten sie sich einmal Gedanken darüber machen, wie sie uns Frauen eine Freude bereiten könnten. Mit Lippenstiften zum Beispiel, die keine formschönen roten Balken auf den Zähnen hinterlassen. Oder, auch das wäre eine dankbare Aufgabe an die Industrie:

Strumpfhosen, die die erste Laufmasche erst bekommen, wenn das Date gelaufen ist.

Stattdessen werfen sie Plastikbehälter auf den Markt, die das Gemüse ganz sicher super-super-frisch halten, die wir aber leider nicht schließen können, weil man dafür so viel Kraft benötigt, wie man sie sich in dreieinhalb Jahren Bodybuilding antrainiert hätte. Bis dahin ist das Gemüse welk.

Der Gerechtigkeit wegen soll aber an dieser Stelle nicht verschwiegen werden, dass es auch 'ne Menge unnützer Sachen gibt, die nicht nur auf das weibliche Geschlecht gezielt sind. Die den Tageszeitungen beigepackten Möbelprospekte zum Beispiel. Wenn man sie auseinander klappt haben sie maßstabsgetreu die Größe eines Bauplanes für ein Einfamilienhaus, und man knuddelt die unhandlichen Fetzen ungelesen zusammen.

Und noch etwas, das ganz bestimmt niemand will, und was wieder nur für Frauen hergestellt wird: Bikinis in Größe 48/50.

Dolly

Zuerst konnte man es für einen üblen Scherz halten. Aber die Zeitungen berichteten immer wieder davon, dass man es wohl glauben musste. Da hat man doch tatsächlich ein Schaf geklont. Mit Schrecken liest man jetzt in der Presse, dass jemand dabei ist, dies auch mit Menschen zu versuchen. Unverantwortlich! Unmöglich! Nicht zu vertreten! Obwohl...

Wenn ich es mir so recht überlege, welche Möglichkeiten bieten sich da? Ungeahnte Wege, die Dinge anders anzugehen. Anders zu machen. Ich habe da eine Idee. *Die* Idee schlechthin. Sollte man nicht versuchen, Männer zu klonen? Es gibt, ehrlich, Exemplare, die besonders gut geraten sind. Ich habe es schon immer als eine Gemeinheit empfunden, dass nur eine, na ja, vielleicht auch mehrere Frauen, in den Genuss eines solchen Mannes kommen. Ist ja auch irgendwie blöde, wenn sich alle um einen reißen. Heute könnte es doch ganz einfach sein. Frau nimmt einfach die DNS (oder wie auch immer man das technisch bewerkstelligt) und puzzelt, jede für sich, ihren Mann zurecht. Ein schöner Gedanke, was dabei herauskommen würde. Wie würden die Männer wohl aussehen? Welchen Charakter hätten sie? Sicherlich würden sie sich alle ziemlich ähnlich sehen und hätten vermutlich auch die gleichen Eigenschaften. Ich jedenfalls hätte gerne den Mann, der mir zuhört, der mich versteht, der mit mir redet, wenn mir danach ist, der schweigt, wenn mir nun gerade danach ist, der mich auf Händen trägt (er müsste also ordentlich Muckis haben), der kochen kann und putzen, abwaschen und waschen und bügeln, und der dies nicht nur kann, sondern es auch tut (!), der zärtlich ist und liebevoll zu Frau, Kind und Hund, Katze, Maus, der fleißig wäre und ordentlich, und, und, und...

Ich bin überzeugt davon, dass ein bestimmter Prototyp dabei herauskäme, der mit kleinen Varianten wie

27

Haarfarbe oder Körpergröße immer wieder „hergestellt" (kann man das so sagen?) würde. Was könnte das Leben einfach sein. Herrlich, die Vorstellung, uns Frauen würde nicht bereits an der Mutterbrust die Verantwortung für unseren späteren Haushalt übertragen, dazu gäbe es ja dann die Männer, mit denen wir uns die Hausarbeit teilen. Apropo Arbeit: Mit dem selbst gezimmerten Mann wäre es kein Thema mehr, dass wir für die gleiche Arbeit den gleichen Lohn bekommen. Der Mann, den wir herstellen würden, hätte nämlich ein Gerechtigkeitsgen. Und ein Ich-bin-nicht-der-Mittelpunkt-der-Welt-Gen. Hach, was *könnten* wir es gut haben. Doch – mich beschleicht da so ein merkwürdiges Gefühl. Wenn es möglich wäre, Männer zu klonen, dann könnte das ja wohl auch mit uns passieren. Nicht auszudenken, was man aus uns machen würde!

Eine Waschmaschine! Eine Waschmaschine!

Im Radio gab es neulich ein Gewinnspiel: Wenn man ein bisschen Glück hatte, wurde man vom Moderator angerufen und konnte einen tollen Gewinn einheimsen. Man durfte sich aus einem Versandhauskatalog Gewinne im Wert einer bestimmten Summe aussuchen. Was immer man wollte. Fortuna hatte es gut gemeint mit Günther. Der war sehr erfreut und verkündete dem Radiomann, was er sich ausgesucht hatte. Herrenoberbekleidung stand auf dem Wunschzettel ganz oben. Gefolgt von Computerzubehör. Beides wurde mit Hallo-Rufen vom Moderator quittiert. Der dritte Wunsch war der größte und letzte. Eine Waschmaschine. Nun war der Mann aus dem Radio mit offen zur Schau gestelltem Scharfsinn ausgestattet, und stellte geistesgegenwärtig fest, dass die Waschmaschine doch wohl kein Geschenk für ihn, Günther, ist, sondern für seine bessere Hälfte. Zerknirscht bejahte der glückliche Gewinner diese Vermutung.

Diese kleine Episode veranlasst mich zu folgenden Überlegungen: 1. Wenn Männer Geld haben, sollten sie es auch für sich allein ausgeben? Warum ist ein Mann zerknirscht, wenn er zugeben muss, Geld für eine Waschmaschine ausgegeben zu haben, obwohl er sich gut und gerne einen Computer dafür hätte kaufen können? 2. Warum um alles in der Welt geht ein Haushaltsgegenstand automatisch in den Besitz der Frau über? 3. Wissen die technisch weitaus begabteren Männer nicht, wie man eine Waschmaschine zu bedienen hat? oder 4. Können Männer gar am Ende mit Waschmaschinen überhaupt nichts anfangen? 5. Produzieren Männer keine schmutzige Wäsche? Fragen über Fragen.

Frauen schenken ihren Ehemännern zu Weihnachten und sonstigen Gelegenheiten Klamotten, Zubehör zu ihren Hobbies, die Kinder bekommen Spielsachen, abgestimmt auf ihre Interessen. Die Frauen bekommen: Ja, genau! Waschmaschinen. Und Warmhalteplatten! Und, als Gipfel der Frechheit, Bügeleisen. Glauben Männer wirklich, wir Frauen waschen gerne? Oder wir bügeln gerne? Nein, wir tun das notgedrungen, aus dem einfachen Grund, weil ihr es nicht tut! Naja, vielleicht auch, weil es für einige von uns eben unser Job ist. Okay, wenn eine Frau sich entschieden hat, Hausfrau zu sein, so hat sie gefälligst ohne Murren zu waschen, putzen, kochen, bügeln. Klar. Ihr Männer tut ja im Job auch eure verdammte Pflicht. Aber was würde der Klempner sagen, wenn er unter der Halleluja-Palme einen kleidsamen Blaumann fände, oder der Arzt ein paar weiße Socken? Na? Also bitte, wenn schon Geschenke, dann persönliche.

Was denn, eine Waschmaschine hatte sie sich doch so gewünscht, weil aus der alten die Socken immer in Einzelteilen herauskamen? Sie hatte sie sich gewünscht, weil es eine Notwendigkeit für den Haushalt war. Darum. Sonst wünscht ihr euch doch zum nächsten Christfest eine Palette Dosenbier oder Harzer Käse. Das braucht man auch im Haushalt. Hin und wieder zumindest.

Also, es geht hier nicht darum, dass wir Frauen die Hand aufhalten und immer möglichst reich mit Brillis beschenkt werden wollen. Es geht nur um dieses sich hartnäckig haltende Vorurteil, Frauen freuten sich über Haushaltsgeräte und Frauen wären automatisch mit ihrer Geburt auf mysteriöse, bis heute nicht enträtselte Weise, für alle Putz- und Waschvorgänge im Haus verantwortlich.

Ich sage dir, lieber Günther, der du deiner Angetrauten großzügig die Waschmaschine geschenkt hast, lerne das Teil zu bedienen, oder tu zumindest so, als ob du's lernen willst. Und gib zu, dass sie euch beiden gehört. Und dir, lieber Günther-Ehefrau, sage ich: Freu dich über die Großzügigkeit deines Mannes und nimm die Maschine hin. Und lass deinen Ehemann die Gebrauchsanweisung lesen.

Frühjahrsputz

Die Tage werden länger, die Sonne scheint öfter, es wird heller, kurz: Der Frühling naht. Eine wunderbare Jahreszeit. Allerdings kann man sie nicht uneingeschränkt genießen. Denn mit dem Frühling nimmt auch das Schreckgespenst Frühjahrsputz Einzug in unsere Häuser. Was? Frühjahrsputz ist gar nicht mehr angesagt?

Dieses Thema spaltet die Hausfrauennation in zwei Teile. Die einen schwören darauf, die anderen „haben das nicht nötig". Die ersteren sind der Ansicht, dass es keine bessere Jahreszeit gibt, den Haushalt mal wieder so richtig auf Vordermann zu bringen. Die Blumen blühen, es wird wärmer, man fühlt sich richtig voll Power, und keine Arbeit der Welt ist zu schwer. Wenn nicht jetzt, wann denn sollte man solche Dinge wie Topfschrank aufräumen, Kleiderschrank ausmisten, Sitzmöbel abrücken und Teppich reinigen in Angriff nehmen? Und das Gefühl erst, wenn alle Fenster geputzt, alle Türen abgewaschen und alles erledigt ist! Wenn die Wohnung blinkt und blitzt – dann kann man stolz sein auf sich und das Geleistete.

Die anderen jedoch sagen, dass bei ihnen immer das ganze Jahr hindurch so gründlich sauber gemacht wird, dass ein Frühjahrsputz gar nicht nötig ist. Sie beschreiben, wie ihre Großmütter im März allein schon deswegen das ganze Haus zu putzen hatten, weil durch die Kohlenheizung eben alle Gardinen und Tapeten verschmutzt waren. Ihnen blieb gar nichts anderes übrig, als am Ende der Heizperiode gründlich reinezumachen. Aber im Zeitalter der Zentralheizungen und Staubsauger sollte eine Wohnung immer so sauber sein, dass „man vom Boden essen" könnte. (Das ist bei mir schon der Fall, es liegt genug rum)

Ich schaue aus dem Fenster, die liebe Sonne schaut hinein. Ich sehe den Staub unter der Heizung, die Vogelsch... auf der Außenfensterbank entgeht mir ebenfalls

nicht, die hellen Sonnenstrahlen bringen auch die Schlie-
ren auf dem Flurfenster zum Vorschein. Auf welche Seite
der Hausfrauen schlage ich mich nun? Also, ich „habe
einen Frühjahrsputz nicht nötig"!!!- Mein Haushalt schon.

Gute Nachbarschaft

Vogelgezwitscher weckte mich aus meinen Träumen. Verschlafen blinzelte ich in das Stück blauen Himmel, das ich von meinem Bett aus sehen konnte. Kurzer Check-up. Welchen Tag hatten wir heute? Was war heute zu erledigen? Was war gestern? Gestern! Ach, du liebe Güte, jetzt fiel mir wieder alles ein. Was hatte ich getan? Ich muss entweder besoffen oder verrückt gewesen sein gestern Abend. Oder beides.

Ich war gestern Abend in meiner Lieblingskneipe gewesen, wie jeden Freitag, und ich hatte einen Typen kennengelernt, den ich interessant fand. Bis dahin nichts Außergewöhnliches. Das konnte schon mal vorkommen, dass man einen Typen kennenlernt. Doch *so* einen Typen kennenzulernen, das passierte einem nicht alle Tage. Kevin hatte etwas ganz Besonderes. Es war nicht mal sein Aussehen. Im eigentlichen Sinne sah er gar nicht so blendend aus. Es war seine Ausstrahlung, irgendetwas umgab ihn, machte ihn unwiderstehlich interessant. Nennt man so was Charisma? Bisher hatte ich immer geglaubt, dass Charisma wieder eines der Worte war, die man ausgräbt, um sie dann zu Modeworten zu machen. Doch bei Kevin begriff ich, dass es so etwas wirklich gab.

Unter der Dusche versuchte ich, einen einigermaßen klaren Kopf zu bekommen. Hatte ich tatsächlich Kevin gestern Abend eingeladen? Zu mir nach Hause? So etwas hatte ich ja noch nie getan. Normalerweise ließ ich die Männer immer ein bisschen zappeln, machte mich rar und damit, so hoffte ich, interessant. Doch gestern Abend hatte mir eine innere Stimme geraten, den Burschen nicht aus den Fingern zu lassen. „Halt ihn fest!" hatte mir mein Unterbewusstsein, meine Intuition befohlen. Und das versuchte ich. Ich hatte mich nach Kräften bemüht, ihn nicht gehen zu lassen. Doch die Zeit rann mir davon. Irgendwann machten die im „Paolo" dicht, und es wurde

Zeit, sich zu verabschieden. Da hatte ich das Unmögliche getan. *Ich* hatte ihn gefragt, wann wir uns wiedersehen können. Und *er* hatte seinerseits freudig eingewilligt, mich morgen zu besuchen. Morgen? Morgen war ja heute! Noch heute Vormittag wollte er mich abholen, wir wollten zusammen eine Vernissage besuchen. Irgendein mir nicht bekannter Maler stellte seine Werke aus. Ich hatte zufällig am Morgen in der Zeitung davon gelesen. Und in der Hoffnung, Kevin würde sich dafür interessieren, schlug ich eben diese Vernissage vor. Und: Er hatte tatsächlich zugesagt.

Es klingelte an der Haustür. Ogottogottogott! Das wird er doch nicht etwa schon sein? Es war doch erst neun Uhr, verabredet hatten wir uns für halb elf. Ich sprang unter der Dusche hervor, bekleidete mich notdürftig und öffnete mit triefend nassem Haar die Haustür. Doch es war nur Frau Hinz, meine nette Nachbarin, die sich ein paar Eier borgen wollte und außerdem auf das Sonnabendmorgenkäffchen hoffte. In unserer Straße hatte es sich so eingebürgert, dass am Sonnabend Morgen immer irgendwo Kaffeeklatsch gehalten wurde. Nicht lange, aber so ein Stündchen saß man immer bei jemand anderem zusammen und erzählte sich was. Dieser Tratsch war mir sehr wichtig, er hielt die Nachbarschaft zusammen. Bei uns konnte man wirklich von guten Nachbarn sprechen. Wir verstanden uns und halfen uns wo wir konnten. Doch heute hatte ich nun wirklich andere Sorgen. Ich fertigte Frau Hinz noch in der Haustür ab und hoffte, sie nicht vor den Kopf gestoßen zu haben. Schließlich hatte ich was Wichtigeres vor. Sie verstand das. Jedenfalls sagte sie es.

Kevin kam zur verabredeten Zeit. Ich war mir sicher, dass bei Hinzens schräg gegenüber die Gardine zurückgezogen wurde. Sicher wollte man meine neue Errungenschaft begutachten. Sicherlich gab es eine Menge Leute, denen es auf die Nerven ging, wenn Nachbarn neugierig sind, ich aber fand das sympathisch. Sollten sie doch gukken! Mir machte das absolut nichts aus.

Es war ein wunderbarer Vormittag. Kevin verstand 'ne Menge von Kunst. Er erklärte mir die Werke, so dass die erste Kunstausstellung, die ich in meinem Leben besucht hatte, zu einem richtigen Kunstgenuss wurde. Hinterher gingen wir Essen beim Edelitaliener. Alles hatte Stil, alles sehr kultiviert. Dieser Mensch begeisterte mich.

Kevin hatte beruflich sehr viel zu tun, und so trafen wir uns in den nächsten Tagen nicht so oft. Aber wann immer es ihm seine Zeit erlaubte sahen wir uns. Da Kevin seine Zeit selbst einteilen konnte, und ich als freie Dolmetscherin zu Hause arbeitete, kam es öfters vor, dass er mich auch mal am Vormittag zu einem schnellen Schäferstündchen aufsuchte. Ich war happy. Es hatte mich wieder richtig erwischt. Rundum happy.

Nein, nicht ganz rundum. Etwas fehlte mir zu meinem Glück. Eine Kleinigkeit verglichen mit dem großen Los, das ich mit Kevin gezogen hatte. Genau seit dem besagten Wochenende verhielt sich die Nachbarschaft so komisch. Zuerst merkte ich nur, dass man kaum grüßte, mich irgendwie merkwürdig ansah. Doch in meiner Verliebtheit nahm ich an, dass mir jeder, der nicht vor Glück nur so strahlte, schon suspekt vorkam. Richtig begriff ich erst, dass etwas mit meiner sonst so geschätzten Nachbarschaft nicht stimmte, als ich am Sonnabend nicht zum Kaffeeklatsch gerufen wurde. Stimmte etwas mit meiner Nachbarschaft nicht, oder stimmte etwas mit mir nicht? Neidete man mir meinen neuen Freund? Gönnte man mir das bisschen Glück nicht?

Als ich mit dem Fahrrad zum Einkaufen fuhr, sah ich, dass sie auf Roths Terrasse saßen. Schon von weitem hörte ich das fröhliche Stimmengewirr. Als ich vorbei radelte verstummten die Gespräche. Was war nur los? Ich war richtig niedergeschlagen. Traurig erzählte ich später Kevin von meiner Beobachtung, der meinte jedoch, ich

solle der Angelegenheit nicht so große Bedeutung bei-
messen. Wahrscheinlich hatte er noch nie die Vorzüge
einer Super-Nachbarschaft genossen. Ich litt jedenfalls.

Bei der nächsten Gelegenheit sprach ich Frau Hinz
an. Ich traf sie in unserem kleinen Supermärktchen um die
Ecke.

„Hallöchen, Frau Hinz!" winkte ich ihr über die auf-
getürmten Melonen zu. Sie ging einfach weiter, hatte
mich offenbar nicht gesehen. Oder: Wollte sie mich nicht
sehen? Jetzt will ich's aber wissen, dachte ich und stie-
felte schnurstracks hinter ihr her. „Hey, Tachchen. Wie
geht's?" Ich strahlte sie so freundlich ich nur konnte an.

„Ach, guten Morgen", sagte sie nur und studierte die
Preise der verschiedenen Waschmittelpakete, die sie ab-
wechselnd aus dem Regal zog.

„Ja, ja, man muss schon vergleichen, sonst kommt
man heutzutage nicht über die Runden", versuchte ich
einen Small Talk in Gang zu bringen.

„Das müssen Sie ja besser wissen," meinte sie nur
und marschierte schnurstracks, ohne übrigens Waschpul-
ver gekauft zu haben, weiter. Ich war so verdattert, dass
ich nicht weiter fragte. Auf dem Nachhauseweg jedoch
ärgerte ich mich über mich selber. Ich fand es nicht in
Ordnung, dass man mich plötzlich so mied. Ich hatte doch
niemandem etwas getan! Urplötzlich hatten sie sich so
verhalten. Seit Sonnabend vor zwei Wochen... Hatte das
etwas mit Kevin zu tun?

Der musste mich am Nachmittag trösten. Ich erzählte
ihm von unsren Tratsch-Vormittagen, wie wir einmal
erfolgreich einen Fahrraddieb gestellt hatten, ich
schwärmte von den Grillpartys im Sommer, von den
Abenden bei Feuerzangenbowle im Winter, davon, dass
wirklich jeder jeden gut kannte, auch über die kleinen
Schwächen Bescheid wusste. Unsere Straße war wie eine
große Familie. Hier konnte man noch getrost die Haustür
offen lassen, wenn man mal eben zum Briefkasten ging.

Da kam niemand Fremdes ungesehen ins Haus. Kevin versuchte sein Allerbestes, mich zu trösten. Er nahm mich in den Arm, er redete auf mich ein, dass es schließlich wichtigeres gäbe, als die Nachbarn. Er suchte vergeblich nach den richtigen Worten. Wir waren ja erst zwei Wochen zusammen, so gut kannte er mich nun doch noch nicht, dass er hier in der Lage war, das Richtige zu sagen.

Er hatte ja Recht! Wir hatten uns gefunden und waren glücklich, die Nachbarn konnten mich mal! Jawoll!

Ich sollte aufhören, mir darüber Gedanken zu machen. Ich wollte einfach nicht mehr daran denken und fing ein anderes Thema an. „Wann sehen wir uns eigentlich das nächste Mal? Hast du Montag nachmittag Zeit, da werden die neuen Bibliotheksräume eingeweiht. Es gibt Vorlesungen und allerhand Interessantes. Kommst Du mit?"

„Montag? Nein, da habe ich keine Zeit, ich muss schließlich Geld verdienen!"

„Du Armer! Das müssen wir ja alle. Apropo Geld: Womit verdienst Du eigentlich deine Brötchen?"

„Hatte ich das noch gar nicht erwähnt? Ich bin Gerichtsvollzieher."

Guter Durchschnitt

In einer Frauenzeitschrift ist zu lesen, wie *der* deutsche Durchschnittsmann ist. Er ist, liest man interessiert, knapp vierzig, einundachtzig Kilo schwer und heißt Christian. Aha! Warum bloß wollten die Schreiber des Artikels wissen, wie der Durchschnittstyp ist? Damit frau ihren Mann mit dem Durchschnitt vergleichen kann? Was wird passieren, wenn manch eine erschreckend feststellt, dass sie unter Durchschnitt geheiratet hat?

Wie man das Durchschnittsalter errechnet, leuchtet ein; man addiert einfach das Lebensalter einer bestimmten Gruppe, Männer in diesem Fall, und teilt die Summe durch die Anzahl der Männer und, schwupps, hat man das Durchschnittsalter. Genauso wird man errechnet haben, wie viele Hemden und Hosen der Mann im Schrank hat. Frau kann sich gut vorstellen, einen Mann an ihrer Seite zu wissen, der 38,7 Jahre alt ist, allerdings löst es Erstaunen aus, wenn er 4,9 Jeans besitzt. Heißt das, einer seiner Kulthosen fehlen einige Zentimeter, oder haben sie etwa Hochwasser? Oder was fehlt sonst am Beinkleid? Etwa die Knöpfe??? Na ja, wie gesagt, im Durchschnitt sind es eben 4,9 Hosen. Ebenfalls ausgerechnet hat man, weil von öffentlichem Interesse, wie oft der Durchschnittstyp an Sex denkt und wie oft er es denn in die Tat umsetzt. Aus welcher Quelle kommen bloß die Zahlen? Wurden die Männer einfach befragt, und man vertraute einfach auf die Ehrlichkeit? Na, das scheint ein zweifelhaftes Unterfangen zu sein. Ist egal, wir glauben einfach, dass *er* täglich elf Mal an Sex denkt. Wieder wird man die übliche Rechnung angewandt haben. Einer denkt nie daran und der andere eben zweiundzwanzig Mal, im Durchschnitt also elf Mal. Das geht klar.

Nun fragt frau sich doch, wie hat man denn den Durchschnittsnamen errechnet? Bei Mir würde aus einem Manfred und einem Jürgen ein Jürfred oder ein Mangen.

Aus einem Manfred, Jürgen, Joachim und einem Günther ein Majüchither. Wollen wir es dabei belassen, irgend wie haben sie es eben ausgerechnet. Basta.

Muss schon ein netter Typ sein, dieser Christian. Er liebt Autos, fährt einen Golf (warum nicht?), träumt vom Porsche (wer nicht?) und verdient immerhin 75.000,-- DM im Jahr (hört, hört). Es ist zu vermuten, dass er auch eine Durchschnittsfrau hat, die soundsoviel Kilo wiegt (wollen wir jetzt nicht ins Detail gehen), siebenundzwanzig Komma vier Pullover im Schrank hat, Sabine heißt und Fiat fährt. Ob demnächst eine Männerzeitschrift mit ähnlichen Angaben aufwartet?

Ich höre, wie unser Ford um die Ecke in die Garageneinfahrt biegt, der Schlüssel dreht sich im Haustürschloss, und mein Mann kommt herein. Ich vergleiche ihn mit dem Durchschnittsmann und muss feststellen, dass er in keinem Punkt dem entspricht. Er ist leichter als einundachtzig Kilo, besitzt mehr Jeans, fährt keinen Golf, macht sich nicht besonders viel aus Autos, Christian heißt er auch nicht. Schön, dass er nicht so durchschnittlich ist. Er nimmt mich zur Begrüßung in den Arm und ich frage mich, woran denkt der jetzt?

Der Herr im Haus(halt)

Eine Umfrage der Gesellschaft für Rationelle Psychologie im Auftrag der Frauenzeitschrift FÜR SIE hat Erstaunliches ergeben: Frauen sind der Meinung, dass Männer im Haushalt nichts zu suchen haben. Jedenfalls fast nichts. 2.671 Frauen wurden befragt, wer für welche Aufgaben in der Partnerschaft verantwortlich sein sollte. Und dabei kam also heraus, dass die Frauen den Männern weder das Wäschewaschen und Bügeln noch Kindererziehung und Wohnungseinrichten zutrauen.

Balsam auf die Seele so manchen Hausmannes, der, schweren Herzens zwar doch seiner Angetrauten zuliebe, einen Teil der Hausarbeit übernommen hatte. So ist das also, mag der Mann nun denken, ihr Frauen traut uns das eigentlich gar nicht zu, und im Geheimen würdet ihr doch lieber alles selber und damit besser machen. Ihr lasst uns nur an den Abwasch, damit wir uns selbst gegenüber nicht als Macho dastehen. Nett gemeint, denkt jetzt sicher so mancher Herr der Schöpfung, aber nicht mehr mit mir. So nicht.

Ich frage mich, ob wir Frauen die letzten Jahre oder sogar Jahrzehnte ganz umsonst geredet haben. Ob doch alles vergeblich war, was wir an Nerven und Anstrengung investiert haben, damit unsere Männer endlich eingesehen und begriffen haben, dass frau nicht automatisch mit ihrer Geburt die Pflicht übertragen bekommen hat, für etwaige spätere Familienmitglieder die Reinemache-Koch-Aufräum-Wasch-Bügel-Frau zu sein. Was haben wir uns Fusseln an den Mund geredet! Und, oh Wunder, immer mehr Männer reagierten in der gewünschten Art und Weise. Sie „halfen" ihren Frauen im Haushalt. Frage: Wieso eigentlich helfen? Wenn jemand einem anderen hilft, so ist damit ganz klar die Feststellung getroffen, dass derjenige, der sich helfen lässt, auch die Verantwortung für die jeweilig Arbeit hat. Also doch, wir sind eben doch zur Hausarbeit geboren.

Wie auch immer, geben wir es doch zu, wir waren froh, wenn wir genüsslich mit einer Zeitung nach getaner Büroarbeit uns im Sessel ausstrecken konnten, Tässchen Kaffee, Zigarettchen, und uns in der freudigen Erwartung auf ein schmackhaftes Abendessen von den täglichen Strapazen erholen konnten. Und nun wird das alles anders werden! Jetzt, wo die Männer es schwarz auf weiß lesen können, dass wir sie im Haushalt gar nicht haben wollen. Alles war vergeblich!!!

Halt! Bis hierher und nicht weiter. Das dürfen wir uns so nicht gefallen lassen! Welcher Umstand kann zu diesem katastrophalen Ergebnis geführt haben? Könnte sein, dass es an der Fragestellung lag. Vielleicht hat man nicht gefragt: „Wer sollte in Ihrem Haushalt für die Hausarbeit verantwortlich sein?" sondern „Wer kann Ihrer Meinung nach bestimmt Aufgaben besser ausführen?" Oder hat man bei dem Bericht irgendetwas verwechselt? Hat man gar männlich und weiblich verwechselt? Ach, ich bin so verzweifelt, wenn mein Liebster nun diese besagte Zeitschrift in die Hände kriegt! Nie kriege ich ihn dazu, seinen Sonnabendnachmittag damit zu verbringen, denn Keller aufzuräumen! Nie!

Allerdings, etwas Gutes war doch noch herausgekommen bei der Umfrage: Frauen sind der Meinung, die Männer sollten die Autos waschen. Na bitte, ist doch auch was!

Widder und Waage

„Was, einen Ausflug zum Steinhuder Meer? Nein, lasst uns doch lieber zu Hause bleiben. Wir könnten gemütlich im Garten Kaffee trinken."

Ich schaue meine Freundin Sabine ratlos an. Sie ist doch sonst die Unternehmungslustigere von uns beiden und normalerweise immer dabei, wenn es darum geht, die heimischen Gefilde für ein paar erholsame Stunden zu verlassen.

„Aber es ist Sonnabend, wir haben Zeit, und das Wetter ist auch schön", protestiere ich.

Sabine druckst herum, rutscht auf ihrem Stuhl hin und her. „Ähäm", stammelt sie. „Es ist bloß heute nicht so günstig."

„Nicht günstig? Ich verstehe nicht." Und ich verstehe wirklich nicht.

„Also", Sabine kommt nun mit der Sprache heraus. „In meinem Horoskop stand, dass ich heute im Straßenverkehr besonders vorsichtig sein soll. Und man muss ein Unglück ja nicht gerade herausfordern."

Daher weht also der Wind. Sabine und ihr fester Glaube daran, dass die Sterne immer Recht haben. Ich versuche, die Freundin davon zu überzeugen, dass es Unsinn ist, sich von dem, was ein Horoskop aussagt, so stark beeinflussen zu lassen, dass man nicht mehr das tut, was man gerne tun würde.

„Glaubst du allen Ernstes, alle Waagen der Welt würden heute Nachmittag in einen Autounfall verwickelt? Also ehrlich!" Vergebliche Mühe. Ich kann die Freundin nicht überzeugen. Doch so schnell geb ich nicht auf. Ich erzähle ihr von einem Experiment, das vor vielen Jahren ein Wissenschaftler durchgeführt hatte. Er hatte zwölf Personen, jede gehörte einem anderen Tierkreiszeichen an, gebeten, einem Astrologen Geburtstag und –Stunde mitzuteilen, damit ein persönliches Horoskop erstellt werden konnte. Nach einigen Tagen wurden die Menschen in ein Studio eingeladen, und sie bekamen jeder sein persönliches Horoskop zu lesen. Nun sollten diejenigen, die sich genau beschrieben sahen, hervortreten und sagen, warum sie meinten, dass alles stimmte. Neun von den zwölf Personen fühlten sich genau beschrieben, die anderen drei nur teilweise.

„Siehste!" triumphierte Sabine. „Sag' ich doch, die Sterne haben Recht. Wann siehst du es endlich ein?"

„Stop, das war ja noch nicht die ganze Geschichte. Die Leute sollten dann das Horoskop vorlesen, was sie auch taten. Und weißt du was? Alle hatten das gleiche! Es wurden so Floskeln verwendet wie ehrgeizig, fleißig, um Harmonie bemüht, negative Dinge wurden positiv umschrieben, und so fühlte sich jeder irgendwie angesprochen."

Ich sehe Sabines Enttäuschung. Doch sie lässt sich nicht davon abbringen. Mit dem Steinhuder Meer wurde es nichts. Wir verbrachten einen lauschigen Nachmittag in unserem Gärtchen, was auch nicht zu verachten war. Keine Hektik, kein Straßenverkehr, kein Lärm. Nur wir beiden Freundinnen und eine Menge Zeit zum Quatschen. Wenigstens das hatte Sabines eigentlich negatives Horoskop bewirkt.

Aber diese Sache ging mir lange nicht aus dem Kopf. Wieso glauben so viele Menschen daran? Suchen sie jemanden, der ihnen sagt, was sie zu tun und zu lassen haben? So wie früher Mami und Papi? Oder ist es einfach nur ein Spaß? Ich denke nicht, dass man die Ratschläge in den Zeitungen so bitterernst nehmen sollte, wie es meine Freundin Sabine tut. Das ist doch alles Quatsch, bestenfalls unterhaltsamer Hokuspokus. Weil ich dieser Frage auf den Grund gehen wollte habe ich mir ein paar Bücher gekauft, die sich mit dem Thema beschäftigen. Ich will einfach die ganze Wahrheit herauskriegen. Wissen Sie,

wir Widder sind nämlich ziemlich wissbegierig und hartnäckig, wenn es darum geht, etwas herauszufinden.

Im Garten nur Kännchen

„Im Garten nur Kännchen!" bellte die Kellnerin, als ich es mir mit meiner Freundin an einem lauen Wochenende mal so richtig gut gehen lassen wollte. Zum Gutgehen-lassen gehört ein Tässchen Kaffee im Freien. Das aber im Kaffeegarten nicht zu haben war. Drinnen, so belehrte man mich, könne ich ohne weiteres eine Tasse bekommen, draußen aber nicht. Man fragt sich doch unwillkürlich, was das wohl zu bedeuten hat? Warum kann man in einem Kaffeegarten keinen Kaffee trinken, und wenn, dann nur in großen Mengen?

Noch ein Beispiel: Warum kann man während eines Tanz-Balles, an dessen Lokalität eine gehobene Gastronomie angeschlossen ist, Wein und Sekt nur flaschen- und damit hundertmarkscheinweise erwerben? Was, frage ich mich, will man damit bezwecken? Mögliche Antworten wären: Biertrinker erwünscht – Weintrinker müssen draußen bleiben (mein Vorschlag: vielleicht mit einer Kette vor dem Ballsaal anketten). Oder: Zu einem Ball kommt man nicht paar- sondern acht-paar-weise. Und die acht Damen der acht Paare müssen sich so an einem Tisch zusammenfinden, dass alle den gleichen Getränkewunsch haben. Möglich wäre auch: Wein- zu Biertrinkern umzuerziehen (ist das Ganze gar eine versteckte Campagne der Bierbrauer?). Oder: Will man paarweise und damit im Dameneinzel auftretende Frauen zu Alkoholikerinnen machen? All das ist irgendwie nicht ganz einleuchtend. Aber es gibt – leider – noch viele solcher merkwürdiger Beispiele von unsinnigen und wirren, unwillkürlichen „Vorschriften".

Absurd ist auch die Sitte, die fast alle Fitness-Studios praktizieren: Man darf zwar ein bis zwei Probestündchen trainieren, dann aber muss man sich für ein ganzes Jahr festlegen, und für diesen Zeitraum auch bezahlen. Was kann in einem Jahr passieren? Krankheiten könnten einen ereilen, man könnte von einer Schwangerschaft überfallen werden, oder der Kontostand könnte einen Italienurlaub zulassen – alles Pustekuchen, geht nicht, wegen Beitrag zum Fitness-Training. Und der ist so saftig, dass man das nicht ungenutzt lassen soll. Also quält man sich schwitzend (wegen des Fiebers, nicht vor Anstrengung) mit einer Grippe zwischen den Hanteln, hüpft mit Babybäuchlein im Aerobic-Kurs herum – Alles nur wegen solch blöder Vorschriften.

Mal ehrlich, wollen manche Leute andere zum Affen machen? Was denken sich nur die Menschen, die solche Dinge „befehlen"? Wollen sie Macht über andere? Das scheint ja zu gelingen. Denn es gibt den ganzen Sommer über Leute, die im Kaffeegarten liter- statt tassenweise Kaffee trinken, zigtausende Frauen schuften täglich für Staat und Finanzamt, und die Zahl der Fitness-Studio-Mitglieder bleibt konstant, während die Räume leerer werden.

Hunderte von ähnlichen Gängelungen könnten noch genannt werden, sie alle aufzuzählen würde den Rahmen dieser Kolumne bei weitem sprengen. Ich rufe dazu auf, sich gegen diesen Unsinn einmal aufzulehnen. „Im Garten nur Kännchen" – na gut, sagte ich mir und nahm zähneknirschend mein Herzklabastern hin. Abschließend kann ich nicht mehr sagen, ob es vor Aufregung war, oder ob es von dem vielen Kaffee kam. „Bezahlen nur Tässchen!" sagte ich und gab nicht mal Trinkgeld. So, ätsch!

Immer auf die Kleinen

Die Großen haben etwas zu sagen, die Kleinen müssen kuschen. So ist es immer gewesen, und so wird es vermutlich auch noch lange so bleiben. Immer die schwächsten einer Gruppe kriegen es ab. Immer die, die sich nicht wehren können – oder sich nicht trauen. Das jüngste Beispiel ist die Änderung des 630,-- DM-Gesetzes. Es trifft genau diejenigen, die darauf angewiesen sind, etwas dazu zu verdienen, weil sie mit dem Verdienst ihres Hauptjobs nicht auskommen. Aus purem Spaß wird sich kaum einer morgens um 4.00 Uhr aus dem Bett pellen um Zeitungen auszutragen, oder sich die Wochenenden um die Ohren schlagen, um Bier und Wein zu servieren oder Pizza auszuliefern. Durch die Gesetzesänderung werden diesen sogenannten geringfügig Beschäftigten nicht nur monatlich jede Menge Abgaben abgezogen, sie müssen sogar beim Lohnsteuerjahresausgleich nochmals kräftig in draufzahlen, weil der Zusatzjob jetzt auch bei der Steuererklärung angegeben werden muss und somit zu dem ersten, meist höheren, Verdienst hinzugerechnet wird. Ja, vor bösen Überraschungen sind die Schwachen und Kleinen nie gefeit. Die Politiker sprechen von sozialer Gerechtigkeit, was keiner so recht nachvollziehen kann. Richtig erklären können sie dieses Gesetz jedenfalls nicht. Ganz besonders hart trifft es die Frauen, die ohnehin schon allein deswegen mehr Steuern zu zahlen haben, weil sie nicht als Mann auf die Welt gekommen sind.

Oder ist etwa schon einmal irgendeinem Politiker eine Erklärung geglückt, wieso es die frauenfeindliche Steuerklasse V gibt? Diese Straf-Steuerklasse ist fast exclusiv für Ehefrauen, die „mit verdienen". Die also Kinder und damit nur halbtags Zeit zum Arbeiten haben und so logischerweise weniger verdienen als ihre Ehemänner. Darum, weil sie sich erdreisten, am Arbeitsleben teilzuhaben, werden sie bestraft und bekommen kaum was von ihrem hart verdienten Lohn heraus. Das wollen wir – denken sich die Politiker - doch mal sehen, ob wir die Frauen nicht wieder an den Herd und in die Küche bekommen! Das wäre doch gelacht. Wer wird schon so dumm sein, Tag für Tag zu arbeiten, um am Ende kaum noch etwas herauszubekommen? Antwort: Die Frauen! Die, die auch auf die paar Kröten angewiesen sind. Oder die, denen die Arbeit einfach Spaß macht, auch wenn fast nichts damit zu verdienen ist.

Wir müssen uns Gedanken um das liebe Geld machen, und wir müssen zusehen, dass wir nicht in die roten Zahlen kommen. Genauso geht es Vater Staat. Auch er muss sich bemühen, dass die Ausgaben nicht die Einnahmen übersteigen. Also überlegt er, der Vater Staat, von wem er es sich am leichtesten holen kann. Von den Mächtigen lieber nicht, die würden zu laut aufheulen. Da sucht er sich dann schon lieber die aus, von denen der harmloseste Widerstand zu erwarten ist, Geringverdiener, Dazuverdiener, Frauen.

Wir werden weiter arbeiten, auch für wenig Lohn, weil 1. wenig besser als gar nichts ist, und weil es 2. immer noch Leute gibt, denen die Arbeit Spaß macht.

Au weia, das hätte ich jetzt besser nicht sagen sollen – sie könnten noch auf die Idee kommen, dass wir Geld mitbringen müssen, wenn wir unseren Spaß haben wollen.

Inter-nett

Computer sind schon ein Segen. Was das Berufliche angeht, wird kaum einer der Behauptung widersprechen, dass die flinken Rechner einem eine ganze Menge langweiliger Arbeit abnehmen. Aber, wie immer, die Dinge haben zwei Seiten. Warum sollte das ausgerechnet bei Computern anders sein?

Die Rechner nämlich, die man sich fast ausschließlich zu Freizeitzwecken ins traute Heim stellt, können richtig süchtig machen. So manche Ehefrau und Mutter kann ein Lied davon singen, wenn ihre Lieben einfach nicht von dem unheimlichen Heimgerät wegzubekommen sind. Erst recht schlimme Ausmaße nimmt die Computersucht an, wenn die Dinger auch noch einen Internetanschluss haben. Was zunächst als das zukunftsorientierteste Medium überhaupt angesehen wurde, zu dem nur ein paar Auserwählte Zugang hatten, ist inzwischen zu einem Allerweltsinstrument geworden. Man findet Internetadressen (fast) überall. Auf Reklametafeln prangen sie, unter Zeitungsberichten, in praktisch jeder Fernsehsendung wird auf die Internetadresse hingewiesen. Veranstalter haben eine solche Adresse und große und kleinere Firmen. Man kann per Internet durch die an vielen Punkten der Erde aufgestellten web-Kameras sehen, wie es jetzt gerade in Hamburg aussieht oder auf Hawaii, sogar einige Radiosender kann man hören. Man kann sich vorab informieren, was in der nächsten Ausgabe der Brigitte steht, oder man kann Bestellungen für alle nur erdenklichen Produkte aufgeben. Das www, das World Wide Web, bietet ungeahnte und unerschöpfliche Möglichkeiten.

Dass das alles eine ganz tolle Sache ist, will ja gar keiner abstreiten. Doch die Zweifel kommen mir, wenn ich meine Familie partout nicht vom Schirm wegbekomme. Da kann ich locken mit Spielen, Sport, Spaziergängen, Spiegeleiern oder Spagetti, nichts hilft. Sie blicken weiter gebannt auf den Bildschirm. Ich werde das Gefühl nicht los, sie reagieren gar nicht mehr normal.

Aber ich habe mir eine List einfallen lassen, damit sie meine Botschaften wahrnehmen. Gestern Abend erschien ich mit einem bildschirmgroßen Schild im Computerzimmer. Darauf stand: http://www.ab ins bett.de

Und ob Sie's glauben oder nicht, es hat gewirkt.

Kalenderleidenschaft

Da liegen sie, die Kalender, die ein neues Jahr ein-
läuten. Dick und prall, noch kein Blatt ist abgerissen. Der
Tischkalender ist noch fast jungfräulich weiß, kaum Ein-
tragungen. Wie bekritzelt wird er in dreihundertfünfund-
sechzig Tagen sein? Was wird alles passiert sein bis da-
hin? Sehnsüchtig blättere ich im farbigen Fotokalender,
Januar, Februar, März... Frühling. Wenn dieses herrliche
Landschaftsfoto mit den blühenden Apfelbäumen unser
Wohnzimmer ziert, dann ist endlich der Winter vorbei.
Ach, und die schönen Sommerbilder... wenn es erstmal
Sommer ist.

Ein bisschen machen sich meine Mitmenschen lustig
über meinen Kalendrertick. Ich kann nämlich nie genug
kriegen, ein Taschenkalenderheftchen für die Handtasche
reicht schon nicht mehr aus, ich benötige dringend eins
für berufliche und eines für private Eintragungen. Unser
Wohnzimmer ziert das farbenfrohe Werbegeschenk unseres Heizöllieferanten, an der anderen Wand prangt der
Katzenkalender, der nebenbei noch Werbung macht für
Kater Robinsons Lieblingsfutter, ein Kalender hängt im
Schlafzimmer, er zeigt romantische Landschaftsfotografi-
en. Ja, klar, mehrere gibt's im Büro, natürlich auf dem
Schreibtisch ein Tageskalender zum Hinstellen mit Reise-
berichten, einer an der Wand mit Cartoons, sogar im
Computer verbergen sich zwei, drei Kalender, die mich an
wichtige (Essen gehen mit Viola) und unwichtigere
(Zahnarzttermin) Termine erinnern sollen. Ja, Sie vermu-
ten richtig, auch auf dem stillen Örtchen gibt es einen
Kalender. Mit mehr oder weniger guten Witzchen und
Sprüchen. Schließlich kann's ja mal sein, dass man Auf-
munterung braucht.

Am Neujahrsmorgen findet stets das alljährliche Ritual statt, feierlich werden die alten Kalender abgenommen, entsorgt und die neuen aufgehängt. Ich habe mich

schon oft gefragt, woher dieser Tick kommt, den ich eigenen Recherchen zufolge mit vielen meiner Mitmenschen teile. Ist es diese freudige Erwartung, was das neue Jahr uns bringen wird? Blödsinn, das kann man auch ohne Kalender haben. Sind es die bunten Bildchen, die so locken? Kann auch nicht sein, denn schneeweiße Tischkalender, die nur ein Kalendarium ziert, faszinieren mich ebenso, wie die Fotokalender im Großformat. Was steckt bloß dahinter, mal so psychologisch gesehen? Ich vermute, es ist der Reiz des Neuen, und wenn es nur die Aussicht ist, dass ich jede Woche mit neuen Witzen durch den Kalender an der Klowand versorgt werde.

Böse Zungen behaupten, die Kalenderaufhängerei sei ein Relikt aus vergangenen Zeiten, als es noch keine Computer gab, die heutzutage das Zeitmanagement übernehmen. Da kann schon was dran sein. Wenn ich morgens meinen Computer anschalte, erscheint auf dem Bildschirm etwas, das aussieht, wie eine Pinnwand. Mehrere kleine Merkzettelchen sollen mich daran erinnern, was an diesem Tag zu tun ist. Und, richtig, mittendrin prangt ein Kalender, der mich informiert, welchen Wochentag und welches Datum wir heute haben. Wenn nun aber der Computer mal ausfällt, was ja schon vorgekommen sein soll, dann bin ich doch auf meinen guten, alten Wandkalender angewiesen, oder?

„Ja, ja", lächelt mein mir angetrauter Ehemann milde. Ich merke, wie albern er es findet, die ganze Wohnung mit Kalendern zu pflastern. Trotzdem, ich lasse mir diesen Tick nicht nehmen. Schließlich haben schon die alten Ägypter seit dem vierten Jahrtausend vor Christus Kalender gehabt. Natürlich noch nicht in der Form, wie wir heute. Die Kalender der Neuzeit führen auf den Papst Gregor XIII. zurück, daher heißt er auch gregorianischer Kalender. Er gilt seit 1582 in den katholischen Ländern, seit 1700 im protestantischen Deutschland. Andere Länder schlossen sich an (z. B. England seit 1752, Schweden

1753, Japan 1873, Bulgarien und Türkei 1916, Griechenland 1923 und China 1949). Wir brauchen unsere Zeitrechnung, um uns an Tagen, Wochen und Monaten zu orientieren. „Jeder braucht das!" sage ich mit gestrengem Blick auf den sich immer noch über mich lustig machenden Mann. Der argumentiert aber, dass *er* ganz sicher ohne auskäme. Jedenfalls dann, wenn er keinen beruflichen Terminen ausgesetzt wär, er also auf der berühmten einsamen Insel leben würde. Ha, da hab ich ihn! Auch da braucht man nämlich einen Kalender. Selbst Robinson hat eine Strichliste geführt, damit der wusste, wo und wann er in der Zeit war. So hat sein treuer Gefährte Freitag seinen Namen bekommen.

Überzeugt habe ich ihn, meinen Angetrauten, nicht von meiner Kalendermania, aber ich habe ihn dabei ertappt, wie er in ein klitzekleines Taschenkalenderchen etwas eintrug; unter dem 1. Dezember steht da: Kalender für Frau besorgen.

Kindergeburtstag

Nächste Woche ist Kindergeburtstag. Ein Horrorszenario tut sich vor mir auf. Zehn oder womöglich mehr Kinder toben sich in meinem Wohnzimmer aus. Ich denke an weinende Jungen, aufgeschlagene Knie, auf den Teppich gekippte Milch. Kinder streiten sich wegen der kleinen, mit viel Liebe und Sorgfalt ausgesuchten Geschenke. Mutter muss tröstend eingreifen. Zu der schon wochenlang unter größten Anstrengungen vorbereiteten Ralley hat Philipp keine Lust, und wenn dann nur, wenn er mit dem Rad fahren kann. Kevin mag keine Spaghetti Bolognese, bei ihm zum Geburtstag gibt es nämlich immer Würstchen. Und ohne Würstchen ist das gar kein richtiger Geburtstag. So!

So ein Tag ist anstrengender, als der stressigste Bürotag, schlimmer sogar als Frühjahrsputz. Allein die Vorarbeiten! Spiele werden geplant, Pappteller mit Garfields werden eingekauft, natürlich mit den passenden Servierten und Pappbechern. Ausnahmsweise braucht am Geburtstag der Umweltaspekt einmal nicht beachtet zu werden. Garfield zuliebe. Es wird gebacken, für die Spiele gebastelt, Einladungen verschickt. So manche Mutter ist schon vor dem großen Tag ganz erledigt.

Eines Tages ist es dann so weit. Der Vormittag verläuft meist noch in halbwegs normalen Bahnen, die letzten Vorbereitungen werden getroffen, Luftballons aufgeblasen und an die Haustür gehängt (nur für den Fall, jemand wüsste nicht, dass hier heute die große Fete steigt). Und irgendwie wird es drei Uhr nachmittags. Unheil, nimm deinen Lauf. Es kreischt und schreit alles durcheinander, Beschwichtigungsversuche jeder Art werden überhaupt nicht wahrgenommen. Nach Geschenkeauspacken und Kuchenschlacht beginnt für mich als Mutter der schwierigste Part. Irgendwie muss ich es schaffen, alle

Kinder gesund und halbwegs zufrieden über die nächsten drei Stunden zu bringen.

Aber auch die Zeit geht rum. Wenn alle Kinder mit vom Toben hochroten Köpfen wieder einigermaßen unversehrt bei ihren Eltern abgegeben wurden, dann wissen Mutter und Vater, was sie getan haben. Dann kehrt endlich wieder Frieden im Haus ein. Das leise Nörgeln unseres Sohnes, weil er von der Feier noch ein bisschen aufgedreht ist, haben wir zu ignorieren gelernt. Heilfroh waren wir immer, wenn der Geburtstag rum war.

Und heute? Ja, heute wäre ich froh, wenn es noch einmal so zuging, wie damals. All die Jahre, an denen mich immer ein leichtes Panikgefühl vor den Geburtstagen beschlich. Heute ist aus meinem Kleinen ein Teenie geworden, der von Muttern an seinem Ehrentage gar nichts mehr will. Na ja, Spaghetti kochen darf ich noch.

Ein Spruch meiner Eltern, den ich als Kind nicht mehr hören konnte, war: „An den Kindern sieht man, wie alt man wird."

Ich seufze tief. Recht hatten sie.

Komplimente

Ist es nicht so? Ein Kompliment hört jeder gern. Und es ist doch eigentlich gar nicht so schwierig, ehrliche Komplimente zu verteilen. Wer aufmerksam durch's Leben geht, erkennt unschwer die Eigenschaften, Fähigkeiten oder Merkmale des jeweiligen Mitmenschen, die Bewunderung verdient haben. Hier mal ein: „Gut gemacht!" Und dort mal ein: „Hey, das Kleid steht dir aber gut!" sind Schmeicheleien, die unseren grauen Alltag aufmuntern, die einfach guttun. Nach solchen netten Worten erledigt sich die Arbeit gleich viel leichter und die Laune des Empfängers solcher Nettigkeiten ist für den ganzen Tag gerettet. Liebe Männer, liebe Frauen, ist es wirklich so anstrengend, wenn Ihr die positiven Dinge an Eurem/er Partner/in nicht nur bemerkt, sondern sie auch verbal mitteilt? Es ist nicht schwierig, sondern ganz leicht. Ehrlich. Und die kleine Mühe ist es wirklich wert. Denn der/die Gelobte fühlt sich bestätigt, anerkannt, er/sie fühlt sich einfach prima.

Aber: Mit den Komplimenten ist das so eine Sache. Viele Menschen wissen um deren Wirkung und verteilen sie wahllos und reichlich wie Brotreste an die Schwäne. Man muss schlau sein und erkennen, ob es sich nur um Artigkeiten handelt, oder ob eine Beifallsbekundung ernst zu nehmen ist.

Andere wiederum schicken die schönen Worte lediglich Negativem voran. Nach dem Motto: Das Essen schmeckt wirklich phantastisch , *aber* es hätte etwas mehr gesalzen sein können." Was, wenn es nur um ein salzloses Essen geht, noch ganz harmlos ist. Schlimmer wäre: „Wir sind mit Ihrer Arbeit immer zufrieden gewesen, und sind es auch immer noch, *aber* leider müssen wir Ihnen kündigen."

Und dann gibt es noch die gewohnheitsmäßigen Komplimentemacher. Vor denen muss man ganz besonders auf der Hut sein. Sie loben alles und jedes und meinen es niemals ehrlich. „Eine schöne Wohnung haben Sie, und die Lage. Ach, und der wunderbare Hund, wie niedlich", sagt er und an seinen angstgeweiteten Augen erkennt man, dass er unseren Wuschel soo niedlich nun doch nicht findet. Oder, das wird auch immer gern gesagt: „Gut schaust du aus!" Ein Ausruf des Entzückens, und später erfährt man dann über Dritte, dass die Komplimenteverteilerin findet, dass man ganz schön alt ausgesehen hat. Oder der Spruch: „Du siehst aber gut erholt aus!" Was so viel bedeutet wie: „Du hast aber ganz schön zugelegt." Na ja, damit muss man halt leben.

Ich habe mir jedenfalls vorgenommen, erstens, mehr Komplimente zu verteilen, um nicht nur den anderen, sondern auch um mein eigenes Leben ein bisschen angenehmer zu gestalten und, zweitens, nicht mehr „Fishing for compliments" zu betreiben. Weil ich mich nicht mehr vom Lob anderer beeinflussen lassen will. Ich lobe mich selber, mache mir eben selbst Komplimente wenn mir, was ab und zu vorkommt, einmal etwas gut gelungen ist. Es macht ausgeglichen und gelassen, wenn man nicht dauernd erpicht darauf ist, von seinem Gegenüber Nettigkeiten zu hören.

Um so überraschter war ich neulich, als mir mein Mann ein Kompliment machte. Und, das weiß ich genau, wenn er etwas Nettes sagt, dann meint er es auch so. „Deine Haare glänzen so toll", sagte er, als ich gerade vom Friseur kam. Eine kleine Welle von tief empfundener Freude durchlief mich. „Besonders die grauen", vervollständigte er seinen Satz.

Wissen Sie, manche Komplimente sollte man doch lieber für sich behalten.

Kriminelle Energie

Manchmal hat man eine Vorahnung, die sich bestätigt. So war es auch an diesem Morgen, als Günther hinunter zum Briefkasten ging. Er konnte es nicht erklären. Es war einfach da, dieses merkwürdige Gefühl, dass etwas passiert sei.

Er steckte den Schlüssel in den grauen Blechkasten, drehte ihn. Die Klappe öffnete sich. Heute war der Briefkasten übervoll. Günther packte den Stapel und stapfte die Treppe hinauf in seine Wohnung. In seinem Arbeitszimmer schmiss er die Post auf seinen Schreibtisch, immer noch von einem merkwürdigen Gefühl beschlichen.

Der Brief fiel ihm sofort auf. Ein weißer Umschlag, schwarz umrandet. Er schob die andere Post zur Seite, nahm das Kuvert an sich. Mit Schreibmaschinenschrift stand seine Adresse auf dem Umschlag. Er öffnete ihn und las. Schockiert ließ er die Hand mit der Karte sinken. Es war die Todesanzeige seiner Schwester aus Hamburg. ...sie ist von uns gegangen... werden sie nie vergessen...

Wie hypnotisiert starrte auf die Karte in seiner Hand. Wie konnte das sein? Am Wochenende hatten sie doch noch zusammen telefoniert. Wieso schickte ihm sein Schwager eine Anzeige? Wieso hatte er sich nicht sofort bei ihm gemeldet? Hier stimmte etwas nicht, das spürte er genau.

Er nahm den Telefonhörer ab und wählte die Nummer seiner Schwester. „Hier ist der Anschluss von Heiner und Marion Grünberg. Leider ist zur Zeit niemand zu Hause. Bitte hinterlassen Sie eine Nachricht nach dem Piepton." Günther schluckte, als er die Stimme seiner geliebten Schwester hörte. Es piepte im Hörer. „Hm," Günther räusperte sich. „Hier ist Günther, melde dich bitte mal bei mir, Heiner." Mehr brachte er nicht zustande. Tränen stiegen ihm in die Augen. Es konnte und durfte doch nicht sein, dass Marion so einfach starb.

Er musste wohl eine Zeitlang so zusammengesunken an seinem Schreibtisch gesessen haben. Vom schrillen Klingeln des Telefons wurde er aus seiner Trauer gerissen. Mit zitternden Fingern nahm er den Hörer ab. „Ja", nuschelte er.

„Mensch, Günther, was is'n los? Du hast so komisch geklungen vorhin." Es war Marion!!!

„M-m-m-marion, w-w-wie g-geht's dir?" Günther stotterte, er konnte seine Gedanken nicht ordnen. Als er das Telefon abnahm, war er darauf gefasst gewesen, über die schrecklichen Todesumstände seiner Schwester zu erfahren, und nun sprach er mit ihr! Er überlegte, ob er ihr von der Todesanzeige erzählen sollte, entschied sich aber dagegen, um sie nicht zu beunruhigen.

„Mir geht's ausgezeichnet." Erleichtert nahm er zur Kenntnis, dass es seiner Schwester offensichtlich gut ging. Das mit der Todesanzeige schien also nur ein schlechter Scherz gewesen zu sein.

„Tja, dann also, wenn weiter nichts ist," meinte Marion, „dann mach's man gut, bis zum Wochenende, ciao."

„Nein, es ist alles in Ordnung!" sagte Günther. „Bis bald." Er hängte auf.

Günther musste lächeln. Es war wie ein schlechter Traum, von dem man am Morgen erwacht, erleichtert, dass die Wirklichkeit nicht so schlimm ist wie die Phantasie. Jemand hatte sich einen Scherz mit ihm erlaubt, was zwar gemein war, doch er wollte dem keine weitere Bedeutung zumessen. Er ging zur Tagesordnung über. Bis übermorgen musste er eine fertige Story bei seinem Verleger abliefern. In der letzten Zeit war er mit seiner Arbeit etwas nachlässig geworden. Er konnte nicht mal sagen, woran das lag. Unlust? Irgendwie war die Power und das Engagement aus ihm raus. Er brauchte wohl mal ein paar Wochen Erholung.

An diesem Vormittag kam er einige Seiten weiter in seiner Geschichte. Stolz auf seine Leistung und zufrieden, dass er doch noch rechtzeitig abliefern würde, gönnte er sich am Nachmittag einen langen Waldspaziergang. Es tat gut, mal ein bisschen Abstand zu gewinnen. Die frische Luft ließ ihn tief durchatmen, er konnte wieder klarer denken. Die Gedanken an die Vormittagspost kamen ihm wieder. Wer konnte so gemein sein, um ihm eine Todesanzeige seiner geliebten Schwester zu schicken. Jeder der ihn kannte wusste, wie sehr er an seiner Schwester und deren Familie hing. Es musste jemand gewesen sein, der ihn gut kannte. Aber: Alle, die ihn gut kannten, mochten ihn auch. Jedenfalls war es Günther nie in den Sinn gekommen, dass ihn jemand hasste. Er war ein Typ, den man als harmoniesüchtig beschreiben konnte. Stets war er darauf bedacht, bei niemandem anzuecken. Er war angepasst und zu fast jedermann nett. Er war der Meinung, dass es sich nicht lohnte, sich mit seinen Mitmenschen anzulegen. Er war kein streitbarer Mensch. Wenn er sich ernsthaft mit einem Thema auseinandersetzen wollte, dann tat er das schriftlich in seinen Stories und Romanen. Mit Menschen aus Fleisch und Blut wollte er sich immer gut stehen. Daher war es ihm auch ein Rätsel, wieso ihm jemand einen derartigen Schrecken einjagen wollte. So lange er auch darüber nachdachte, ihm fiel niemand ein, der ihm Böses wollte.

Im Laufe der nächsten Tage hatte er die Sache verdrängt. Er wurde erst wieder daran erinnert, als er morgens den Briefkasten öffnete. Wie ein elektrischer Schlag fuhr es durch seinen Körper, als der schwarz umrandete Brief herausrutschte. Schwer atmend stampfte er die Treppe hinauf. Was war passiert? Wieder war der Brief an ihn adressiert, wieder ohne Absender. Gebannt starrte er auf den Umschlag, tastete nach dem Brieföffner. Der glitschte ihm aus der Hand, so dass er sich beinah verletzte. Er hatte klitschnasse Hände. Schließlich fiel die Karte hinaus. Ein Kreuz stand neben dem Text, der das

Blut in seinen Adern gefrieren ließ. Es war seine eigene Todesanzeige.

Mit aller ihm zur Verfügung stehenden Willenskraft riss er sich zusammen. Er musste jetzt einen klaren Kopf behalten. Vielleicht war das ganze als Morddrohung aufzufassen.

Vergeblich versuchte er, sich auf seine Arbeit zu konzentrieren. Er rief beim Verlag an, um sich krank zu melden. Er hätte eine Grippe, log er und hustete in den Telefonhörer. Er hätte Fieber und wäre deshalb diesmal nicht in der Lage, seinen Beitrag pünktlich abzuliefern. Gott sei Dank hatte man Verständnis für ihn. Schließlich hatte er sich so etwas noch nie erlaubt.

Günther legte sich an diesem Nachmittag tatsächlich ins Bett. Mit einem Buch versuchte er sich abzulenken, was ihm allerdings nicht gelang. Er konzentrierte sich auf die Buchstaben, las Seite für Seite, aber er musste immer wieder zurück blättern, weil er nicht verstand, was er gelesen hatte. Auch der Fernseher brachte ihm nicht die erhoffte Zerstreuung. Jemand wollte ihn am Boden sehen, und er wusste nicht wer es war und warum dieser Jemand das wollte. Er hatte doch keine Feinde, nur Freunde. Freunde. Wozu sind die da? ‚Klar, ich rufe Wolfgang an,‘ dachte Günther. ‚Der wird mir mit seinem scharfen, analytischen Verstand weiterhelfen können.‘ Die beiden trafen sich in der Eckkneipe an der Theke. „Mensch, altes Haus, wie geht's." Wolfgang und Günther hatten sich schon mehrere Wochen nicht gesehen, daher ließ Günther den Freund erst einmal berichten. Er erzählte von seinen Kindern und vom Hund, vom Job und von seiner Frau. „Und was macht dein Job? Hast du wieder einen Roman angefangen?"

„Nee, du. Im Moment kriege ich nichts auf die Reihe, mir will einfach nichts einfallen." Günther wollte gerade von den Anzeigen erzählen, doch der Freund unterbrach ihn:

„Du wolltest doch einen Krimi schreiben, hast du das endlich in Angriff genommen? Mensch, ich beneide dich so um deinen Job. Ich muss jeden Tag in dieses Scheiß-Büro und muss die Launen des Alten ertragen. Du kannst schön ausschlafen jeden Tag und kannst mit dem Geld verdienen, was dir wirklich Spaß macht. Du hast es gut."

„Das glaub man nicht, so gut habe ich es auch nicht. Der Job hat auch eine Kehrseite, ehrlich." So gab ein Wort das andere, die beiden Freunde tranken Bier und redeten über Belangloses. Günther hatte noch keine Gelegenheit gehabt, Wolfgang von den Todesanzeigen zu erzählen. Immer, wenn er damit heraus wollte, wusste Wolfgang etwas zu berichten. Höflich, wie Günther nun einmal war, unterbrach er ihn nicht. Schließlich war der Abend und der Alkoholpegel in seinem Blut so weit fortgeschritten, dass er überhaupt nicht mehr das Bedürfnis hatte, dem Freund sein Herz auszuschütten. Er sah alles plötzlich von der heiteren Seite. Spät in der Nacht verabschiedeten sich die beiden Freunde lautstark vor der Kneipe.

Am nächsten Morgen, es war ein Sonnabend, dachte er tatsächlich nicht mehr an die unangenehme Sache mit den Anzeigen. Kein Wunder, denn Günther hatte einen kräftigen Kater. Er schwor sich, in Zukunft, wenn er mit Wolfgang zusammen war, nicht mehr so viel zu trinken. Er fiel zurück in die Kissen, freute sich, dass er sich krank gemeldet hatte. Ganz entgegen seinen Gewohnheiten wollte er wirklich mal einen ganzen Tag blau machen. Normalerweise arbeitete er auch am Sonnabend und Sonntag. Für einen Schriftsteller gab es keine Wochenenden. Doch heute war das anders. Mal gar nichts tun, einfach im Bett bleiben. Doch aus dem geruhsamen Tag wurde nichts.

Die Gedanken an die Todesanzeigen ließen ihn nicht zur Ruhe kommen. Immer, wenn er die Augen schloss, sah er seinen Namen in den schwarzen Buchstaben vor sich. „Wir werden ihn sehr vermissen." Darunter standen nicht, wie bei Todesanzeigen üblich, die Namen derer, die die Anzeige aufgegeben hatten. „Wir werden ihn vermissen." Sonst nichts. Wer konnte ihm so etwas antun??? Verdammt noch mal, wieso hatte er gestern Abend Wolfgang nicht um Rat gefragt? Wieso war er ein solcher Feigling? Ruhelos sprang er aus dem Bett und rief Wolfgang an.

„Hallo, Wolfgang, wie geht's. Blickst du wieder dran lang?"

„Ehrlich gesagt", antwortete der Freund, „noch nicht so ganz. Wann sind wir eigentlich nach Hause? Ich glaube, ich habe eine Gedächtnislücke. Meine Standpauke hat mir Margot heute morgen schon verabreicht. Ich sag ja, du hast es gut, lebst alleine, kannst dich auch mal ungestraft besaufen."

„Du, ich wollte dir eigentlich gestern Abend schon was erzählen. Bin irgendwie nicht dazu gekommen. Hörst du zu?"

„Ja, ja, mach's kurz, Margot will noch zum Einkaufen und braucht mich zum Kistenschleppen."

„Du, ich brauch' deinen Rat." Günther erzählte Wolfgang von den beiden Anzeigen und gestand auch, dass er Angst habe. „Kannst du dir vorstellen, wer so etwas macht?"

„Ach, mach' dir nicht ins Hemd, Alter. War'n blöder Scherz bestimmt. Weiter nichts. Was willst du? Du bist gesund, deine Schwester auch, also vergiss es."

Wolfgangs kurz angebundene Antwort überraschte ihn, aber sicher hatte er Recht. Die beiden Briefe hatten ihm einen gewaltigen Schrecken eingejagt, nun war etwas Zeit darüber vergangen und damit musste das Thema durch sein. Auch sein Freund fand nichts Schlimmes daran. Nur sein subjektives Empfinden sagte ihm, dass etwas nicht in Ordnung war. Aber er sah ein, dass es keinen Sinn machte, noch länger an der Geschichte herumzugrübeln. Also widmete er sich wieder seiner Arbeit. Und zwar besonders engagiert. Er stellte die Riesenthermoskanne gefüllt mit starkem schwarzem Kaffee neben seinen Computer und arbeitete wie ein Besessener. Er stellte die Kurzgeschichte für die Redaktion fertig, beendete einige angefangene Arbeiten. Er vervollständigte ältere Texte, die seiner Meinung nach dringend einer Überarbeitung bedurften, er schaffte es sogar, die längst fällige Katalogisierung seiner Texte auf dem Computer fertigzustellen. Und, was das wichtigste war, er begann damit, seinen Traum zu verwirklichen. Nie hatte er sich richtig daran gewagt. Er hatte es sich wohl nicht zugetraut. Doch heute hatte er erstens den Mut und zweitens die Ideen. Er begann einen Kriminalroman. Wie besessen arbeitete er die ganze Nacht hindurch und schaffte es, das Exposé so weit fertigzustellen, dass er mit der Reinschrift am nächsten Tag in Ruhe beginnen konnte. Zufrieden schlief er gegen Morgen ein.

Am Sonntag Nachmittag rief er, wie an jedem Wochenende, bei seiner Schwester in Hamburg an. Es war ein Ritual zwischen den beiden Geschwistern. Der, der zuerst daran dachte, rief bei dem anderen an. Es wurden manchmal nur kurze Gespräche, ab und zu plauderten die sie auch ausführlich. Wenn einer der beiden mal verreist war oder etwas anderes vorhatte, dann wusste es der andere. Günther wählte also die Nummer seiner Schwester, es meldete sich Heiner.

„Hallo, Schwager, alles in Ordnung? Gib mir Marion mal."

Günther hörte nur ein Hüsteln in der Leitung. „Also, Marion ist im Moment gar nicht da, ruf doch später noch mal an, ja?"

„Wie? Nicht da? Wo ist sie denn? Ist irgendwas nicht in Ordnung bei euch?"

„Ehem, doch, doch, alles bestens. Marion ist mit 'ner Freundin unterwegs. Wenn sie wiederkommt, sage ich ihr, dass du angerufen hast, okay?"

Günther rief verdutzt: „Ja, mach das, mach's gut." Und er legte auf. Irgendetwas stimmte da nicht. Wieso war Heiner so komisch am Telefon? Wieso hatte Marion ihm nicht gesagt, dass sie nicht da war? Sie hätte doch vorher kurz anrufen können! Das hatte sie doch immer getan. Heiner hatte so merkwürdig geklungen am Telefon. Ihm passte es sowieso nicht, dass seine Frau so an ihrem Bruder hing. Es war Günther schon oft so vorgekommen, als ob Heiner Marion und ihn auseinanderbringen wollte. Ironisch hatte er schon mal behauptet, dass er nicht nur seine Marion, sondern auch seinen Schwager mitgeheiratet hätte. Heiner! Heiner....Heiner??? Hatte Heiner etwas mit den Anzeigen zu tun? Wollte er ihn nur ärgern, oder steckte mehr dahinter? Ob es wirklich Heiner war? Wie konnte er das herausfinden?

Er wartete auf Marions Anruf. Doch vergeblich. Sie rief an diesem Abend nicht mehr an. Günther wurde fast verrückt vor Angst. War seiner Schwester etwas zugestoßen? Er traute sich nicht, bei ihr anzurufen. Schließlich hatte Heiner versprochen, ihr auszurichten, dass er angerufen hatte. Doch das wäre eigentlich nicht nötig gewesen. Sie telefonierten immerhin jedes Wochenende miteinander.

Nach einer unruhigen Nacht rief er um sieben Uhr in Hamburg an. Heiner musste schon gegen halb sieben das Haus verlassen, Marion müsste also allein sein. Sie meldete sich verschlafen.

„Hallo, Marion, ist alles in Ordnung bei dir?" Günther war ganz aufgeregt.

„Klar, ach Mensch, entschuldige, dass ich mich gestern nicht bei dir gemeldet habe. Sabine, meine Freundin, hatte Kummer. Sie ist gerade dabei, sich von ihrem Mann zu trennen. Da musste ich zu ihr und Händchen halten.

Als ich dann in der Nacht nach Hause kam, dachte ich, dass es zu spät sei, um dich noch anzurufen."

„Na, dann ist ja alles bestens, also bis nächste Woche." Einigermaßen beruhigt legte Günther den Hörer auf. Doch das ungute Gefühl blieb. Irgendwer *musste* ihm doch die Anzeigen geschickt haben.

Im Laufe der nächsten Wochen gab es keine besonderen Vorkommnisse. Günther schrieb an seinem Kriminalroman weiter. Er hätte nie geahnt, dass er so etwas konnte. Seine Liebesromane waren beliebt und verkauften sich gut, doch dachte er immer, dass er nicht das Zeug dazu hätte, sich an einer verzwickten Kriminalgeschichte zu versuchen. Er übertraf sich jedoch selbst. Der Krimi war richtig gut geworden. Noch nie hatte er ein so umfangreiches Werk geschaffen. 550 Seiten stark. Jetzt brauchte er einen Fachmann, der ihm seine ehrliche Meinung über die Geschichte sagte. Er beschloss, seinen Freund zu fragen, ob er bereit sei, sich den Krimi durchzulesen und ihn zu beurteilen. Wolfgang war geradezu erpicht darauf, den Roman zu lesen. Nach einigen Tagen brachte er Günther das Manuskript zurück. Wolfgang fand, dass der Krimi unbedingt unter die Menschheit gehört. Er machte Günther Mut, es bei verschiedenen Verlagen zu versuchen.

Bereits der dritte Verlag hatte „angebissen".

„Wolfgang," sagte Günther aufgeregt am Telefon, „du musst unbedingt und sofort zu mir kommen, ich geb' dir einen aus." Wolfgang ließ sich das nicht zweimal sagen. Die beiden Männer saßen vor einem Bier und Günther hielt dem Freund den Vertrag vor die Nase. Sein Manuskript war angenommen worden. Der Krimi würde demnächst erscheinen!

„Mensch, ich bin so froh, dass ich mich endlich dazu aufgerafft habe, diesen Krimi in Angriff zu nehmen. Du weißt doch, wie lange ich davon schon geträumt habe."

„Ja, ich weiß." Wolfgang grinste geheimnisvoll. „ Manchmal muss ein menschliches Gehirn erst in echte Aufregung versetzt werden, damit es fähig ist, kriminelle Energie in Romanform zu Papier zu bringen..."

„In Aufregung versetzen? Du meinst, *du* hast mich in Aufregung... *du* warst..."

„Ja, ich fand die Idee zwar auch etwas extrem, aber es hat ja gewirkt."

Lärm – oder warum der Toaster bellt

Morgens um sieben ist die Welt noch in Ordnung. Alles ist (noch) still und friedlich, alltäglicher Lärm und Stress sind noch fern. Mein Radiowecker stellt sich zur vereinbarten Zeit an und der Morgenman ertönt mit seiner gewohnten Gute-Laune-Stimme. Nach kurzer Orientierungsphase beschließe ich, ebenfalls gute Laune zu haben. Dank Zeitschaltuhr haben sich unten in der Küche Kaffeemaschine und Toaster betätigt und es dringt das sanfte Gurgeln des Kaffees und das Plop des Toasters an mein Ohr, vermischt mit einem köstlichen Geruch. Also gut, auf in den Tag.

In der Morgenzeitung lese ich einen interessanten Bericht, in dem es heißt, dass Experten herausgefunden haben, dass jedes Gerät etwas lärmen muss. Sie, die Experten, wissen, dass ein Kunde, der beabsichtigt, einen Sportwagen zu kaufen, diesen niemals erstehen würde, wenn das Zuklappen der Sportwagentür so klingt wie das Zuknallen einer Kleinwagentür. Oder: Staubsauger, die sehr leise sind, würden von den Käufern deswegen nicht akzeptiert, weil der Hausmann/die Hausfrau mit lautem Getöse eben auch Leistungsfähigkeit verbindet. Aha. Sind wir jetzt bei „Wetten, dass..“? Lass mich hören, wie deine Autotür klingt, und ich sage dir, wie hoch dein Gehalt ist? Bis eben dachte ich noch, dass sich die Wissenschaftler und Fachleute darüber den Kopf zerbrechen, wie sie die verschiedenen Geräte des Alltags, die nun mal naturgemäß Krach verursachen, leiser machen können, damit man es uns lärm- und stressgeplagten Menschen etwas leichter machen könnte. Stattdessen erfahre ich, dass sie nun dabei sind, für die unterschiedlichen Gebrauchsgeräte das jeweils passende Geräusch zu finden.

Vor mir tun sich ungeahnte Möglichkeiten auf. Wenn es möglich ist, dass für die jeweiligen Geräte die entsprechenden Geräusche „erfunden" werden, dann muss es doch auch hinzukriegen sein, dass sich eines Tages der kaufwillige Kunde „sein" Geräusch zu dem zu kaufenden Gegenstand aussuchen kann. Klasse. Ich möchte dann bitte eine Kaffeemaschine, die klingelt, einen Toaster, der bellt und eine Waschmaschine, die singt (Lieder von Eros Ramazotti vielleicht?). Aber richtig toll wär's ja, wenn aus dem Computer im Kinderzimmer nicht mehr Pfeif- und Zischlaute dringen, die sich anhören, als ob gerade der Kampf der Saurier gegen eine Horde Roboter stattfindet, sondern...helles Kinderlachen. Das wäre eine Alternative.

Aber mal im Ernst, ist es tatsächlich wahr, dass wir uns beim Kauf von Gegenständen so sehr von deren Geräuschen beeinflussen lassen? Da mag was dran sein, zumindest für einige Menschen. Es soll allerdings auch solche geben, die mehr Nasen- oder Augen- als Ohrenmenschen sind. Die würden doch eher den Wagen kaufen, der optisch gut aussieht (womöglich sind sie auch Verstand-Menschen und beurteilen den Wagen nach seinen technischen Daten!), oder den Kaffee, der gut riecht. Wir lassen uns bestimmt durch viele Faktoren beeinflussen, wenn wir etwas käuflich erwerben wollen. Der erwähnte Bericht hat mich aufgerüttelt, darüber nachzudenken, was sich Werbestrategen schon alles ausgedacht haben, um uns zum Kauf zu animieren. Die Erfahrung mit rosarot und frisch beleuchteten Gemüse- und Fleischauslagen hat inzwischen jeder gemacht, wenn er zu Hause das runzlig-graue Schnitzel auspackt. Im Prospekt eines Freizeitparks wird sogar freimütig zugegeben, dass vor der Bäckerei durch einen kleinen Ventilator künstliches Aroma von frischen Brötchen auf die Straße geschleudert wird, damit die Menschen glauben, dass die Backwaren dort an Ort und Stelle hergestellt werden. In eben diesem Park wird noch mit ganz anderen menschlichen Empfindungen gearbeitet: Im Geisterhaus, wenn normalerweise jedem kalte Schauer über den Rücken laufen, wird an strategisch wertvoller

Stelle die Raumtemperatur gesenkt, dass es auch den Hartgesottenen gruselt.

Mir gruselt es auch, wenn ich mir klar mache, wie viele Experten sich Gedanken darüber machen, wie sie uns dazu bewegen können, bestimmte Dinge zu kaufen. Ich will mich aber nicht von Solcherlei beeinflussen lassen! Ich will eine Kaffeemaschine, die mich durch ihr morgendliches Gurgeln in friedliche Stimmung versetzt, und ich will eine Autotür, die wie eine ganz normale Autotür klingt, und einen Staubsauger, der sich anhört, als ob jemand Staub saugt.

Obwohl...das mit dem Kinderlachen vom Computer wäre so schlecht nicht.

Mann nehme

Männer und Kochen, das ist so eine Sache für sich. Viele Männer behaupten, dass sie gerne kochen, einige sind sogar so kühn, sich damit zu rühmen, Kochen als ihr Hobby zu bezeichnen. Es scheint so zu sein, dass ein Mann rein körperlich und intellektuell dazu in der Lage ist, ein zwei- oder dreigängiges Menü zuzubereiten (was man von verschiedenen hier nicht näher aufgeführten Hausarbeiten nicht behaupten kann). Schließlich braucht man nur auf die Liste der Sterne-Köche zu gucken: Fast alles sind Männer.

Aber zurück von der beruflichen auf die private Ebene. In einem durchschnittlichen Haushalt ist es immer noch die Frau, die siebenmal die Woche zwei warme Mahlzeiten auf den Tisch des Hauses bringen muss, und dies auch tut. Wenn der Ehemann mal den Kochlöffel schwingt, so ist er mit Recht stolz auf sich, spricht oft noch wochenlang von seiner phänomenalen Leistung und lässt sich feiern. Eben wie jemand, dem bei der Ausübung seines Hobbys etwas richtig gut gelungen ist. Wie der Torwart, der den Elfmeter hielt, wie der Tennisspieler, der den dritten Satz dann doch noch im Tie Break gewonnen hat, oder wie der Bastler, der aus einem Schrotthaufen ein fahrbares Motorrad gezaubert hat. Meinetwegen könnten die Männer und/oder Kinder viel öfter dieses befriedigende Gefühl genießen.

Ja, wenn ich bestimmte Hausarbeiten nur hobbymäßig betreiben würde, wenn Qualität, nicht Quantität die bestimmenden Merkmale wären, dann würde mir sogar das Bügeln Spaß machen. „Sieh doch nur, wie ordentlich ich dieses Oberhemd wieder hingekriegt habe, toll, das mach ich nächsten Monat mal wieder!"

Aber, leider, so geht es ja nicht. Jeden Tag warten mehrere hungrige Mäuler auf die Kochkunst der Hausfrau, und brav kocht sie das, was ihren Lieben mundet.

Das viele Kochen macht einer Durchschnittsfrau auch gar nichts mehr aus. Es ist die tägliche Routine, mit der wir diesen Job erledigen. Keiner kann uns in diesem Punkt etwas vormachen. Schon gar nicht die uns angetrauten Ehemänner. Sie, wie gesagt, könnten schon, wenn sie wollten. Oder wenn wir ihnen öfter Gelegenheit zum Üben geben würden. Wenn dagegen das Essen bereits auf dem Tisch steht, wenn der Mann von seinem Tagewerk heimkehrt, so steht er ja nicht mehr vor dem Problem: Kochen oder nicht Kochen, das ist hier die Frage.

Ich finde, wir Frauen sollten unseren Lieben viel öfter die Möglichkeit zum Kochen geben! Als ich gestern mit einer Freundin ausgegangen bin, fand mein heimkehrender Mann einen Zettel auf seinem Platz. „Schatz, dein Essen steht – im Kochbuch, Seite 23".

Männer sind Schweine – Sind Männer Schweine?

Kürzlich wurde uns dieser Titel so oft durch das Radio zu Gehör gebracht, dass es bald kein Schwein aushält. Und alle singen mit. Oma, Mutter, Tochter, Enkelin. Entweder weil es ein so schöner Ohrwurm ist, oder weil, naja, weil sie durch das Mitsingen ungestraft etwas aussprechen dürfen, was sie sich sonst nicht zu sagen trauen.

Fragen wir doch einmal genauer nach. Was veranlasst uns, anzunehmen, dass Männer Schweine sind? Wo sind die Ähnlichkeiten, die Parallelen? Nun, im Lexikon ist nachzulesen, dass Schweine zu den Paarhufern gehörende Nichtwiederkäuer mit gedrungenem Körper und rüsselförmiger Schnauze sind. Das mit den Hufen stimmt schon mal nicht, das mit dem Nicht-Wiederkäuen ist richtig, meistens jedenfalls, und das mit dem gedrungenen Körper und der Schnauze, das sollte man so nicht verallgemeinern. Weiter steht im Lexikon, dass die aus der Schweineschnauze herausragenden Eckzähne als Waffen und als Grabwerkzeuge beim Wühlen im Boden dienen. Also ehrlich, das kann man doch nicht mit einem Mann vergleichen. Obwohl...

Interessiert lese ich, dass sie (die Schweine, nicht die Männer) einen feinen Geruchssinn haben, ihnen aber Schweißdrüsen fehlen. Schön wär's ja. Aber, jetzt kommt's: Sie sind Allesfresser und leben gesellig. Siehste!

Es gibt Hausschweine (übrigens ist das Hausschwein das zuletzt herangezüchtete Haustier), Warzenschweine, Hängebauchschweine und Wildschweine. Letztere sind vorwiegend in der Nacht unterwegs. Um ihren Bedürfnissen nach Nahrung, Suhlen und Geselligkeit nachzukommen, können sie weite Wege gehen. Aha. Aber sonst halten sie an einem einmal bezogenen Wohngebiet fest.

Obwohl man es nicht vermuten würde, sind Schweine sehr gelehrige und sensible Tiere. Und, wer hätte das gedacht, sie ruhen oft im engen Körperkontakt miteinander.

Gewisse Ähnlichkeiten mit den Männern sind also doch, wenn auch bei einigen latent, vorhanden, obgleich ich mich nicht dem Wortlaut des obigen Liedes anschließen würde. Denn das, da bin ich mir sicher, ist entweder ironisch gemeint oder schlicht gemein. Denn in unserer Umgangssprache wird das Wort Schwein durchweg negativ gebraucht. Armes Schwein, schwarzes Schwein, Dreckschwein, um nur einige zu nennen.

Seien wir ehrlich, viele Männer sind eben doch keine richtigen Schweine. Bei einigen kann man sich nämlich richtig sauwohl fühlen.

Frau sollte nicht, bloß weil es eine verallgemeinernde Meinung einer Minderheit ist, und weil es auch noch von einer Männergruppe in alle Wohnstuben posaunt wird, an dem Vorurteil festhalten. Also, meine Damen, greifen Sie zu! Welches Schweinderl hätten's gern? Und wenn Sie ein stattliches Exemplar gefunden haben, dann können Sie sagen: Schwein gehabt.

intel inside

Männer und Computer, das ist eine besondere Geschichte. Sie, die Männer, behaupten ja gerne, mehr von Technik zu verstehen als Frauen. Aber: Das stimmt nicht! Diese Behauptung wird auch nicht durch häufige Wiederholung richtiger. Doch eins müssen wir Frauen, oder zumindest ich, zugeben, Männer haben eine andere Beziehung zu ihren Rechnern als Frauen.

Was mich betrifft, so hätte ich eigentlich gar keinen Rechner gebraucht. Doch mein Mann sah das nun ganz anders und leistete tage- und wochenlange Überzeugungsarbeit. Erfolgreich, denn nur wenig später erwarben wir einen Rechner. Schon der Kauf war mit etlichen Hindernissen verbunden. Es hätte mich stutzig machen müssen, denn, was schon so schwierig beginnt, wird selten etwas Gutes. Nach diesem folgenschweren Entschluss, passierte einiges, was unser Verhältnis nicht ganz ungetrübt ließ. Das Verhältnis zwischen mir und dem Computer meine ich, nicht das zwischen mir und meinem Mann.

Wir wollten unseren Rechner aus Hannover abholen. Die knapp fünfzig Kilometer sind eigentlich kein Problem, nicht an normalen Tagen, aber an diesem war ein großes Schnee-Chaos ausgebrochen, das die Straße in Rodelbahnen verwandelt hatte. Da der Diesel eingefroren war, blieb uns nichts anderes übrig als mit meinem Zweitwagen zu fahren. Na klar, was tut man nicht alles für einen Mann, der endlich das Objekt seiner Begierde in die Arme schließen will. Wir zockelten also los mit meinem Bambino. Ja, das ist eines dieser Microfahrzeuge, die im Bahnabteil mitfahren dürfen. Die, die es nicht in gelb gibt, weil sonst die Leute ihre Briefe einwerfen würden. Die Fahrt gestaltete sich angenehmer als erwartet, auch der Kauf ging schnell über die Bühne. Mein Mann bezahlte unser neues Freizeitvernichtungsgerät, während ich mich im Laden nach interessanter Software umsah. Irgendwie beschlich mich schon so ein komisches Gefühl. . . Könnte es sein, dass wir gleich ein Problem . . . und da war es auch schon, unser Problem. Ehemann und Verkäufer rollten mit einer riesigen Warenkarre auf die Ausgangstür zu. Der Wagen, bzw. das was auf ihm deponiert war, hatte die Ausmaße eines Bausatzes für ein Einfamilienhaus.

Wie nun die Kisten verstauen? Autotür auf, Kiste Nummer eins rein. Geht nicht. Dann zuerst Kiste Nummer zwei. Geht ebenfalls nicht. „Gar kein Problem, wir müssen nur den Sitz etwas nach vorne stellen." „Neiiin, du musst von der anderen Seite schieben." „Ach so, warte mal,

ich komme auf deine Seite. Nee, dann kommt die Kiste eben auf den Rücksitz quer." „Halt! Doch nicht so rum, wir müssen den Karton andersrum drehen." „Aua, mein Fingernagel!" „Nun zieh` doch." „Puh, na bitte, hab` ich doch gesagt, dass das gar kein Problem ist." Triumphierend betrachteten wir unser Werk, hinter uns blinkten schon die Wagen, weil sie in die Parklücke wollten. Aber es gab da noch so eine kleine Unannehmlichkeit: Kiste zwei stand auf dem Beifahrersitz, aber die Tür ging nicht mehr zu. Oder die Tür ging zu aber ich konnte nicht mehr schalten. Fragen Sie mich bitte nicht wie, irgendwie brachten wir es fertig, zwei große Kisten plus Fahrerin in dem Wagen unterzubringen.

Die Heimreise gestaltete sich amüsant. Ich zockelte mit meinem Autochen an den großen, schnellen Fahrzeugen vorbei, die Schwierigkeiten mit den widrigen Witterungsverhältnissen hatten. Es war eine angenehme Fahrt, ein bisschen einsam vielleicht. Auch mein Mann hatte eine angenehme Heimreise. Der Bummelzug von Hannover nach Hameln hielt nur an jeder zweiten Station. Er erreichte unser trautes Heim lediglich wenige Stunden nach mir.

So hatte also alles angefangen bei uns. Damals, in meinem kleinen Auto, da hatte ich noch die gesamte Gewalt über den Rechner. Es sollten die ersten und letzten Stunden bleiben, in denen der Computer komplett in meiner Hand war. Von dem Moment an, in dem mein Ehegemahl den Stecker in die Steckdose steckte und der Kiste damit Leben einhauchte fühlte er sich als der Vater seines Elektronengehirns. Als Vater und Herrscher. Und das war und ist das eigentliche Problem. Durch die viel längere Zeit, die der männliche Teil unserer Ehe am Rechner verbracht und noch verbringt, kennt er sich in vielen Dingen auch besser aus. Mir wurde häufig gar keine Chance gegeben, die vielen Feinheiten richtig zu erlernen. Und, das konnte ich auch aus meinem Bekanntenkreis erfahren, Männer setzen unsere mangelnde Erfahrung einfach mit Unfähigkeit gleich. Wie ungerecht! Beruflich haben wir längst bewiesen, dass wir vor dem Bildschirm sehr wohl unsere Frau stehen. Wir sitzen tagtäglich in unseren Büros an hochmodernen Rechnern, fertigen Schriftsätze oder Tabellenkalkulationen, machen die Buchhaltung oder erstellen Grafiken. Wir haben uns nicht nur an die elektronische Datenverarbeitung gewöhnt, wir haben sie sogar liebgewonnen. Im beruflichen Bereich. Wegen der Vorherrschaft der Männer leider noch nicht im privaten. Gerne würde ich (und vermutlich manch andere Frau auch) den Computer öfter bedienen. Bei uns zum Beispiel gibt es mehr als gelegentlich Auseinandersetzungen um Nutzung und Handhabung unseres digitalen Wunderwerkes, was folgende Episode verdeutlichen mag:

Ein Geschenk! Ein langer Sonnabend für mich ganz allein. Mein Ehegemahl und mein Sohn fahren zur Computermesse, was für mich bedeutet, dass ich weder kochen noch für irgendjemanden da sein noch Rücksicht nehmen muss. Ich habe Zeit. Juchu. Und, das ist das Allerbeste: Ich habe den Computer für mich allein! So was Tolles ist ja noch nie dagewesen. Ich gehe davon aus, dass es in anderen Familien auch nicht anders aussieht, in denen die Frau mit dem Computer nicht nur umgehen will sondern auch kann. Kaum bediene ich den Knopf, um das Gerät anzustellen, steht entweder der ältere meiner beiden Männer parat um mir wortreich zu erklären, was ich alles falsch oder wenigstens besser und einfacher machen könnte, oder der jüngere Mann fragt: „Wann bist du fertig, Mama?" Mein gefasste Antwort: „Nächste Woche."

Doch – der Computermesse sei Dank – heute kann ich tun was ich will. So lange im Internet surfen, wie's mir passt, so viel schreiben, zeichnen, spielen, wie ich will. Ich setze mich an den Kasten, rufe meine Textdateien auf. Mausklick in der Symbolleiste auf die Schaltfläche mit dem geöffneten Ordner. Entzückt lausche ich dem leisen Arbeiten im Tower - ratter, ratter - endlich kann ich den Brief an Hanna weiterschreiben, den ich gestern abgespeichert habe, ohne dass mir jemand über die Schulter geguckt hätte . Ratter, ratter.... nichts. Ich wiederhole den Vorgang. Kein vorfreudiges Entzücken sondern unheilvolle Vorahnung. Auf dem Bildschirm erscheint die vielsagende Nachricht: Eigene Dateien. Punkt. Weiter nichts. Das heißt, doch: eine weiße Fläche. Hier waren doch gestern noch all meine wunderbaren Texte!!! Ich fluche und meckere. Das hat noch immer geholfen. Linke Maustaste, rechte Maustaste, anklicken aller nur möglichen Symbole, deren Bedeutung ich noch nie wusste. Doch alle Bemühungen - ja, selbstverständlich habe ich den Rechner runtergefahren und neu gestartet - bleiben erfolglos. Wer, verdammt noch mal, war als letzter am Computer? Derjenige kann was erleben!

Normalerweise würde ich an dieser Stelle kleinlaut den Ehemann telefonisch kontakten. Aber in diesem Fall geht das nicht, weil er sich ja auf dieser verdammten Messe herumtreiben muss. Ich starre auf die weiße Bildschirmseite; den Tränen nahe überlege ich, ob ich ihn nicht vielleicht ausrufen lassen sollte...

Das kommt mir dann aber doch zu albern vor. Ich heule und fluche noch ein bisschen und füge mich in mein Schicksal. Andere Frauen würden sich an so einem männerfreien Tag schließlich auch nicht vor den Bildschirm setzen, sondern würden Hausarbeiten erledigen, bei denen es gut ist, „wenn ihnen niemand zwischen den Füßen rumläuft." Also: Fenster putzen, Strumpfschublade aufräumen, Gewürzschrank neu ordnen. Macht doch Spaß, so was.

Abgekämpft kommen meine beiden am Abend heim. Unhöflich frage ich nicht, wie's war, und fordere sie auch nicht auf, doch mal zu erzählen. Stattdessen überschütte ich sie mit Flüchen und teile unmissverständlich mit, dass es ein Donnerwetter gibt, wenn ich den Schuldigen erstmal gefunden habe, der meine Texte gelöscht hat. Der liebste Ehemann von allen setzt sich sogleich an den Computer, ich stehe hinter ihm und überlege, ob ich ihn gleich erwürgen soll, wenn er zugibt, dass er gestern - selbstverständlich versehentlich - alle meine Texte vernichtet hat. Der aber blickt ernst, runzelt die Stirn, klickt ein paarmal hier und einige Male da. Und dann stehen sie wieder da, meine Texte. Unschuldig erklärt er mir, dass er gestern in einem anderen Ordner war, weil er doch das Hundebild als Vorlage verwenden wollte. „Mensch, bist du blöd," muss ich mir anhören, „in den Dokumenten ist die Endung doc Punkt und in den Vorlagen dot Punkt."

Aha! Intel inside ist eben nicht genug, wenn outside Idiot ist (Originalton mein lieber Sohn).

Outside Idiot, das möchte ich betonen, trifft in meinem ganz speziellen Fall gelegentlich zu. Keineswegs aber sind alle Frauen über einen Kamm zu scheren. Es bleibt das Fazit, dass Männer ein anderes Verhältnis zu ihrem Computer haben. Er ist für sie viel mehr als nur ein technisches Gerät. Er ist ein fast lebendiger Partner, der ihnen das Gefühl gibt, der Macher, der Macho zu sein. Während er für die meisten Frauen schlicht ein Gebrauchsgegenstand ist, der den täglichen Schriftkram erleichtert..

Es sollte mal jemand untersuchen, ob Männer und Frauen unterschiedliche Reaktionen auf Fehlermeldungen zeigen. Mir gefriert jedenfalls das Blut in den Adern, wenn die unheilschwere Meldung auf dem Bildschirm erscheint: „Der schwere Ausnahmefehler XXX ist eingetreten............" Mein Mann lässt sich von solcherlei nicht aus der Ruhe bringen. Wenn ich ihn um Hilfe rufe, kommt er herbeigeeilt und drückt verschiedene Tastenkombinationen, ich sehe meistens nicht hin, bewundere ihn aber dafür, dass er alles wieder hinkriegt.

Etwas vom Mythos seiner Unfehlbarkeit am Computer hat mein Mann allerdings vor kurzem verloren. Der Sohn hat ihm beim Reparieren des schweren Ausnahmefehlers über die Schulter geschaut und gepetzt. „Der schaltet die Kiste einfach ab, Mami."

Muttertag – in oder out?

Verschlafen strecke ich mich unter der Bettdecke. Ich will nicht aufstehen. Kurze Orientierung, welcher Tag es ist. Ach ja, wunderbarerweise ist es Sonntag. Der zweite im Mai. Also Muttertag. Ein Feiertag für florierende Blumengeschäfte vielleicht, doch nichts für eine moderne Frau. Er ist eine völlig veraltete Einrichtung. 1910 wurde der Muttertag von England aus von den Amerikanern übernommen und dann nach dem Krieg auch hier in Deutschland eingeführt und dankbar aufgenommen. Schließlich ehrte und verehrte man die Mütter damals noch. Klar, die Mamis bekamen ja auch sonst nirgendwoher Bestätigung. Sie schufteten – und es war in einer geschirrspülmaschinen-waschmaschinen-tiefkühltruhen-losen Zeit eine echte Schufterei – tagein tagaus. Kein Mensch kann arbeiten ohne Anerkennung. Und wenn's auch nur einmal im Jahr ist.

Doch die heutigen Mamis sind eben nicht „nur" Mütter. Sie sind Arbeitnehmerinnen, Sportlerinnen, haben Hobbys. All das war früher nicht denkbar. Heute bekommen die Frauen genügend Bestätigung, haben Erfolgserlebnisse. Der traditionelle Muttertag ist zur Pflichtblumenstrauß-und-Restauranteinladung mutiert. So brauchen wir diesen Tag nicht mehr.

Ich drehe mich um auf die andere Seite und blinzele auf die Uhr. Schon fast Mittag. Ich muss wohl über meinen Muttertagsgedanken eingenickt sein. Was sind das für Geräusche? Wer klappert da in *meiner* Küche? Wonach riecht denn das hier? Und warum, verdammt noch mal, hat mich keiner geweckt? Nach einigen Minuten klopft es an die Schlafzimmertür. Sohni strahlt mich an: „Alles Gute zum Muttertag! Das Essen ist fertig".

Es gab Artischocken mit Frischkäsefüllung, Hähnchencurry mit Minz-Reis und gratinierte Ananas mit Ko-

kos. Abgewaschen haben sie auch. Ich liebe den Muttertag!

Nachtfalter

Heute Abend würde er hinter Vanessas Geheimnis kommen. Gestern noch hatte sie es ihm fest versprochen. In einer Stunde würde er wissen, wer sie war und was genau sie von ihm wollte.

Das Spielen am Computer und das Chatten im Internet war sein Hobby, sein Ausgleich zu seinem bewegungsintensiven Job als Gärtner. Mittlerweile verbrachte er fast jede Minute seiner Freizeit am Bildschirm, was Sabine, seiner Frau, nicht zu passen schien. Sie nörgelte und meckerte herum, er solle sich auch mal wieder um sie kümmern. Aber was sollte er unten im Wohnzimmer? Seifenopern und Liebesschnulzen im Fernsehen ansehen etwa? Sie hatten sich schon eine ganze Zeit lang nichts mehr zu sagen gehabt. Sie behauptete zwar, es läge nicht an ihr, sondern an ihm, aber das war typisch für sie. Oder vielleicht auch für die Frau an sich. Immer den Männern alles in die Schuhe schieben.

Er war jedenfalls der Meinung, dass die Anschaffung des Computers die beste Idee war, die er seit langem hatte. Hier, im Dachzimmer, ganz für sich und doch mit der großen weiten Welt verbunden, konnte er endlich er selbst sein. Er vertiefte sich in immer neue Programme, kannte die brandneueste Software, keiner konnte ihm etwas vormachen. Am Anfang hatte Sabine die Spielerei am Computer auch geduldet, vielleicht sogar ganz gut gefunden, aber seit er fast jeden Abend in die Chat-Line einstieg, verging tatsächlich Stunde um Stunde, die er bei der „Unterhaltung" mit Wildfremden zubrachte. Das gefiel seiner Frau nicht, was sie ihm oft genug gesagt hatte.

Vanessa cardui, der Distelfalter. Über das Chatten im Internet hatte er sie kennengelernt. Ihn hatte der Name, mit dem sie sich angemeldet hatte, fasziniert, denn auch sein Deckname war der eines Falters: Bombys mori, der Seidenspinner. Schmetterlinge waren seine dritte Leidenschaft. Gleich nach seinem Beruf und dem Computer. Es gefiel ihm, dass es sich mit jemandem, den man noch nie gesehen hatte, so gut unterhalten ließ. Zuerst waren die „Gespräche" nur ganz zaghaft erfolgt. Gleich nachdem er sich mit seinem Kürzel angemeldet hatte, antwortete „Vanessa cardui" prompt. Sie war immer im Chat, wenn auch er da war, also fast jeden Abend. Im Laufe der Zeit hatte sich zwischen ihm und der Unbekannten eine Beziehung entwickelt, wenn man das über die Distanz so nennen konnte. Er wusste einiges von ihr, doch ist sie immer mysteriös geblieben. Sie spielte regelrecht mit ihm, denn immer, wenn er sie aufforderte, sich doch zu erkennen zu geben, verstand sie es, ihn hinzuhalten und noch neugieriger zu machen.

Aber jetzt sollte es endlich so weit sein. Vanessa hatte ihm versprochen, sich ihm heute Abend um 22 Uhr vorzustellen. Er war richtig aufgeregt. Hatte er sich etwa in die Unbekannte verliebt?

Gegen 21 Uhr teilte er seiner Frau mit: „Ich geh' hoch, an den Computer."

„Geh nur", kam die Antwort, „ich sag schon mal gute Nacht, ich seh' dich ja doch nicht mehr."

Immer musste sie stänkern! Jetzt war er schon so höflich, sich abzumelden, da meckerte sie trotzdem herum. Na, egal. Er verzog sich ins Dachzimmer und schaltete das Gerät ein. Er musste noch fast eine Stunde warten. Er meldete sich im Chat-Kanal an, um zu sehen, wer heute Abend schon alles online war. Die Kürzel von alten Bekannten ratterten über den Bildschirm, verschlüsselte Nachrichten wurden hin und her gejagt. Wenn die Unterhaltungen privater wurden, klickten sich zwei aus. So würde es auch nachher mit Vanessa sein. Sie würden sich „unterhalten" auf der Privatlinie, keiner würde daran teilhaben können, was sie ihm heute Abend mitteilen würde...

Punkt 22 Uhr kam die ersehnte Bildschirmnotiz: „Vanessa cardui hier, Bombyx, bist du da?"

Ja, klar war er da. Schnell und routiniert gingen die Meldungen über das Netz. Nach ein paar Sätzen „Small Talk" gingen die beiden auf die private Ebene.

„Du willst wissen, wer ich bin? Nun, ich hatte dir versprochen, es dir heute zu sagen. Du willst mich wirklich kennenlernen?"

„Ja, ja, ja! Sag schon, wann können wir uns treffen? Wo wohnst du? Du weißt, kein Weg wär mir zu weit."

„Ich sag dir was: Gehe jetzt gleich aus dem Chat-Kanal heraus, rufe im Internet eine Homepage unter folgender Nummer auf: Schreibe bitte mit." Es folgte eine Reihe von Buchstaben und Zeichen. „Hast Du mitgeschrieben?"

"Ja, Mensch Mach's nicht so spannend. Sag mir einfach Deine Adresse, okay?"

Aber es kam keine Antwort mehr, im Display blinkte nur die Meldung: „Der von Ihnen angewählte Teilnehmer ist zur Zeit nicht angemeldet."

Mit schweißnassen Händen rief er die angegebene Homepage auf. Es erschien eine die farbige Abbildung eines Distelfalters. Er wurde aufgefordert, einen Balken, auf den eine Hand zeigte, anzuklicken. „Weiter" stand auf dem Balken. Nach dem nächsten Schritt zeigte sich in Schönschrift der Schriftzug „Bombyx mori" und „bitte Balken anklicken". Er tat es. Zu seinem Entsetzen las er seinen eigenen Namen mit vollständiger Anschrift. Am Fußende der Bildschirmseite stand: „Was macht eigentlich Deine Frau? Jetzt, in dieser Minute?"

Danach kam er mit keiner Taste seiner Tastatur weiter. Die Homepage war einfach abgebrochen. Sie hatte sich wieder über ihn lustig gemacht! Mit hängendem Kopf, wütend, auf so ein blödes Frauenzimmer hereingefallen zu sein, fuhr er den Computer herunter und ging ins Wohnzimmer zu seiner Frau.

Auf ihrem Platz stand ein Bildschirm, unter dem Couchtisch surrte leise ein Rechner. Als er näher kam, las er, was auf dem Bildschirm stand: „Ja, mein lieber Seidenspinner. Manche grauen, unscheinbaren Würmchen werden eines Tages zu Schmetterlingen und fliegen davon. Ciao bello."

Ordnung muss sein

Der Winter ist zurück! Es schneit! Juchu! Kein Regen, kein ekliger Schneematsch auf den Straßen, richtiger, schöner, weißer Schnee, der zum Spaziergehen und zum Rodeln einlädt. Was die Winterfreunde und vor allem die Kinder freut, hat allerdings – wie bei fast allem im Leben – eine Kehrseite. Und zwar im wahrsten Sinne des Wortes. Sobald die ersten Schneeflocken auf uns niederfallen, werden wir darauf hingewiesen, dass wir unserer Reinigungspflicht nachkommen müssen. Jawohl, Reinigungspflicht! Damit ist natürlich nicht die tägliche Körper- und/oder Wohnungspflege gemeint – nein, die Rede ist von den Gehwegen. Immer, wenn ein ordentlicher deutscher Bürger das Wort Pflicht hört, steht er sofort stramm und verrichtet freudig die ihm staatlicherseits auferlegte Aufgabe. Gut, dass es genauestens bis ins kleinste Detail geregelt ist, wie, wann und wo man der Reinigungspflicht nachzukommen hat (Leider ist das Warum nicht erörtert). Sonst könnte ja jeder schippen, wie er will! Wo kommen wir denn da hin?

Als ich heute morgen gegen sechs Uhr mit meinem Hund gassi ging, konnte ich mich noch an der weißen Pracht erfreuen. Es machte Spaß, durch frisch gefallenen Schnee zu stapfen. Und mit dem richtigen Schuhwerk ist es auch keineswegs mit Sturzgefahren verbunden. Auf ordnungsgemäß geräumten und gestreuten Gehwegen rutschen ebenso viele oder wenige Leute aus, wie auf frisch gefallenem Schnee. Doch das sieht der Gesetzgeber anders. Und so komme ich meiner Reinigungspflicht nach und räume den Gehweg. An Werktagen hat das ab sieben Uhr zu erfolgen, an Sonn- und Feiertagen braucht man erst ab neun Uhr den Schneeschieber zu bemühen. Und zwar, das ist besonders fatal und wird meinen Chef nicht besonders erfreuen, den ganzen Tag über. Wenn also der Wetterbericht Schneefälle vorhersagt, bleibt mir gar nichts anderes übrig, als meinem Arbeitsplatz fernzubleiben, wie soll ich denn sonst während des ganzen Tages den Gehweg räumen? Allerdings – per Arbeitsvertrag habe ich auch die Pflicht, jeden Tag im Büro zu erscheinen. So werde ich, bloß wegen der paar Schneeflocken, die meinen Hund und mich vorhin noch so erfreuten, in einen schweren Gewissenskonflikt getrieben. Schippen oder arbeiten? Ich entscheide mich für einen Kompromiss, ich räume erstmal, gehe dann ins Büro und hoffe, dass kein neuer Schnee tagsüber fällt.

Aber es gibt ein erneutes Dilemma. Der Gehweg muss in voller Breite geräumt werden, ganz nach Vorschrift. Bisschen dumm, dass die Autos auf unserer schmalen Straße nicht mehr durchkommen, denn mein Nachbar von gegenüber war auch schon fleißig. Auf seiner Seite ist gar kein Bürgersteig, was ihn aber nicht seiner Pflicht enthebt. Er muss, so steht es geschrieben, einen 1,50 Meter breiten Streifen räumen. Egal, Pflicht ist Pflicht, sollen die Autos doch woanders lang fahren. Irgendwohin muss er ja, der geräumte Schnee. Denn – Straßenreinigungssatzung sei Dank! – in die Gosse darf er nicht, der Schnee, denn, man höre und staune: „Schnee und Eis dürfen nur geordnet am Rand der Gehwege gelagert werden." Aha. 1. Wie soll ich den Schnee am Rand des Gehwegs lagern, wenn ich ihn in voller Breite reinigen soll? 2. Wohin soll mein Nachbar seinen Schnee tun, wenn er keinen Gehweg hat, der Schnee aber auch nicht auf die Straße darf? Soll er ihn etwa mit zu sich ins Haus nehmen und ihn in der Badewanne seinem Schicksal überlassen? 3. Wie ordnet man Schnee? Nach der Farbe (schneeweiß, matschgrau, hundepipigelb)?, nach Größe der Flocken (ist im Nachhinein leider nicht mehr festzustellen)?, nach Temperatur, Alter oder Konsistenz? Ich weiß es einfach nicht und bin schon ganz verzweifelt, weil ich nicht weiß, wie ich meiner verdammten Pflicht nachkommen soll. Ich versuche es aber tapfer weiter. Gehweg in voller Breite, Schnee am Rand des Bürgersteiges lagern. Und zwar ordentlich! Nach und nach kommen auch die anderen Nachbarn nicht nur aus ihren Häusern, sondern auch ihrer Räumpflicht nach. So ein Wintereinbruch ist eine wunderbare Gelegenheit, mit den Nachbarn mal wieder ein Pläuschchen zu halten. Man schippt und schaufelt und lacht und freut sich über den Winter.

Mir kommt da gerade ein Gedanke... Vielleicht wollen die Verfasser der Straßenreinigungssatzung ja mit ihren Vorschriften gar nicht bewirken, dass wir uns so pflichtbewusst fühlen, sondern sie wollen, dass wir einfach mehr und öfter mit unseren Nachbarn kommunizieren.

Piep - Show

Unseren täglich Talk gib uns heute. In der letzten Zeit ist unendlich viel über die Talkshows im Fernsehen gelästert und hergezogen worden. Und in der Tat wundert man sich: Es werden wöchentlich mehr. Einige Sender reihen sich ein in die Liste der Talk-Show-Ausstrahler, einige fügen ihrer fünften noch eine sechste hinzu. Und die Einschaltquoten geben ihnen Recht. Ich frage mich: Wer hat jeden Tag (!) so viel Zeit, um sie vor dem mittag- oder nachmittäglichen Fernseher zuzubringen? Und: Was reizt die Menschen, Einblick in das Leben anderer zu nehmen? Ich wollte der Sache mal auf den Grund gehen. Natürlich dachte ich gar nicht daran, selbst zu gucken! Ich wollte gucken lassen. Ich hörte mich in meinem Bekanntenkreis um und machte eine merkwürdige Feststellung: Niemand guckt Talk-Shows! Komisch. Woher kommt bloß die große Fangemeinde?

Die Talk-Shows sind sehr unterschiedlich aufgezogen. Die eine setzt auf Überraschungen. Es wird jemand eingeladen, der einen Freund/Freundin/Onkel/Tante oder was weiß ich wen, schon lange nicht mehr gesehen hat. Er plaudert ein bisschen darüber und – schwupp – zieht die Moderatorin den Verflossenen aus dem Ärmel. Die Überraschung ist gelungen und alle liegen sich in den Armen und weinen ein bisschen. Und ich darf daran teilhaben.

Bei anderen wieder läuft es immer darauf hinaus, dass auf irgendeine Art und Weise schmutzige Wäsche gewaschen wird. Die Themen und die Einleitung hören sich zunächst ganz harmlos an: Hilf mir, meine Freundin trägt zu sexy Kleidung. Hilfe, mein Nachbar wohnt neben mir. Oder so. Und dann kommt die Nachbarin mit der sexy Kleidung. Applaus. Und alle überlegen, ob die Klamotte nun wirklich zu sexy ist. Ja, das fordert den Zuschauerintellekt. Dann stehen sich die beiden Kontrahenten gegenüber, zunächst wird noch gelacht und erzählt, doch durch hartnäckiges Nachfragen des Talk-Show-Masters geht es dann zur Sache, und es kommt heraus, dass sich die sexy Dame an den Ehegefährten der anderen herangemacht hat. Die schönste Wortschlacht tobt. Und das in meinem Wohnzimmer.

Dann gibt es aber auch die ganz lieben, braven Talk-Shows. Die, in denen immer nur Gutes getan wird. Leute erzählen, wie ihnen mal jemand unter die Arme gegriffen hat, oder umgekehrt, wie sie mal jemandem aus der Patsche geholfen haben. Sie lächeln sanft in die Kamera und appellieren an die Welt da draußen vor den Bildschirmen, doch auch so gute Menschen zu werden. Ach, da fliegt einem das Moderatorenherz nur so zu.

Interessant und lehrreich sind die, in denen über ein Thema gesprochen wird, das entweder ein gesellschaftliches (Drogen, Kriminalität und so weiter) oder persönliches Problem (Krankheit, Übergewicht, schlechte Laune) behandelt wird. Da hört man denn schon gerne zu, weil in der Vorankündigung versprochen wird, dass man alles darüber erfahren wird, wie man ein für allemal seine Kopfschmerzen/Pickel/kalte Füße oder sonstigen Unbill los wird. Gebannt hört man zu, doch die Tips, die man bekommt, hat Oma schon gewusst. Irgendwie wird man für dumm verkauft, habe ich den Eindruck. Ich gucke diese Show nie wieder, ich habe doch keine Meise!

An vielen Nachmittagen habe ich mich durch die Sender gezippt und den Plaudertaschen der Nation zugehört. Im normalen Leben hätte ich nie so viele Leute mit so bizarren Problemen und Geschichten kennengelernt, wie an diesen Nachmittagen. Ich habe nebenbei Staub gewischt, die Blumen gegossen, aufgeräumt (was ich unter allen Hausarbeiten am meisten hasse) und ich habe festgestellt, es bügelt sich einfach leichter mit Vera, Sonja und wie sie alle heißen. Alles ging mir viel leichter von der Hand und – fast traue ich mich nicht es zuzugeben,

Talk-Schow-Gucken ist hausarbeitsfördernd. Und es ist oft eine preiswerte Therapie. Ich höre, mit welchen Problemen sich andere rumschlagen, und plötzlich sind meine eigenen Sorgen nur noch halb so schlimm.

Komisch ist es, wenn man seine Mitmenschen auf die Talk-Shows anspricht, dann will sie niemand gesehen haben. „Ich gucke mir so was doch nicht an. Ich doch nicht!", rufen sie empört, als hätte man sie bei etwas Ungesetzlichem ertappt. Aber wenn man geschickte Fragen stellt, dann verplappern sie sich oft und müssen am Ende zugeben, dass sie doch bei Gelegenheit gucken. „Aber eingeschaltet habe ich nicht, der Fernseher lief eben."

Die Talk-Shows haben in der letzten Zeit harte Kritik einstecken müssen. Am hellichten Tage dürfe nicht über einige Themen geredet werden, und wenn, dann dürfen bestimmte Ausdrücke nicht gebraucht werden. Was soll nun die Redaktion eines Senders aber tun, wenn die Gäste diese Wörter einfach benutzen? Da sind die Macher auf die geniale Idee gekommen, die Ausdrücke einfach mit einem Piepton zu überspielen. Das hört sich dann so an: „Weißt du, was du – piep – ". Oder: „Dann will ich dir mal erzählen, was Sabine gestern über dich gesagt hat. Du hättest – piep – und gerne würde sie – piep –." „Weißt du was? Wie ich diese Talk-Shows im Fernsehen finde? – piep – piep – piep." Da sitze ich dann vor dem Bildschirm und rätsele, was sich die Leute da an den Kopf werfen und warum ich das nicht hören darf.

Ich könnte noch stundenlang über dieses Thema berichten. Doch ich habe leider keine Zeit. Andreas hat heute Gäste, die über Talk-Show-Müdigkeit erzählen wollen.

Resteessen

Sonntagmorgenfrühstück. Während ich meinem Hobby nachging und im Schwimmbad meine Runden drehte, haben Ehemann und Sohn liebevoll den Frühstückstisch gedeckt. Ist das nicht süß? Blumen stehen auf dem Tisch, frischer Kaffee, Brötchen sind aufgebacken und duften verführerisch. Eier sind gekocht und stehen in den „Hahn-und-Henne-Eierbechern" parat. Aufschnitt und Käse sind nicht in zwar formschönen aber doch irgendwie unprofessionell aussehenden Plastikbehältern auf dem Tisch platziert, sondern adrett ebenfalls auf „Hahn-und-Henne-Tellern" angerichtet. Toll. Doch was ist das? Etwas stört das sonst so perfekte Arrangement: Auf dem Wurstteller liegen ein paar unansehnliche winzige Zipfel und eine Scheibe Mortadella, die die Fittiche nach oben streckt. Und auf der Käseplatte gibt es eine ungefähr dreieinhalb Quadratzentimeter große Scheibe, die auch schon mal bessere Tage gesehen hat. Fünf Gläser mit Marmelade stehen auf dem Tisch, doch in zweien ist so wenig drin, dass nicht einmal der Boden bedeckt ist. Genau die gleichen Gläser fristeten auch schon am vergangenen Sonntag ihr trostloses Dasein auf unserem Frühstückstisch. Die Rede ist von unseren hauseigenen Resten, die zu essen ich mich seit einiger Zeit mehr oder weniger erfolgreich weigere.

Ich verstehe die Philosophie nicht, was in meinen beiden vor sich geht. Wieso kann man nicht die eine Sorte aufessen, bevor man die neue Packung Käse anbricht? Reste haben irgendetwas an sich, was, so scheint es sich in ihren Köpfen festgesetzt zu haben, an sich nicht in Ordnung ist. Aber weil es eine Sünde ist, Essen wegzuwerfen, muss einer sich schließlich erbarmen. Sie haben es schon erraten: Mama. Musste, wohlgemerkt.

Leider geht es nicht nur um Reste von Marmelade, Wurst oder Käse. Wenn ein gekochtes Abendessen auch nur im Geringsten den Anschein hat, dass ganz versteckt die Möglichkeit besteht, dass Reste vom Vortag verwendet wurden, wird nur mit Widerworten gegessen. Was um alles in der Welt ist so schlimm an Resten? Auch wenn über die berühmte Zahnpastatube schon mehr als genug geschrieben wurde: Wer quetscht wohl tagelang den letzten Fitzel Creme aus der Tube? Genau!

Jetzt ist es aber genug, ich habe die Nase voll. Ich will und werde nicht mehr der hauseigene Resteverzehrer sein! – Wir haben uns jetzt einen Hund zugelegt (das klappt prima, nur Zahnpasta mag er leider nicht).

Vermisst

Freitag Nachmittag. Endlich Wochenende! Auf mich wartete eine wohltuende Leere. Keine Termine, keine Verpflichtungen, Zeit haben. Herrlich! Ich hatte ein geruhsames Wochenende aber auch nötig.

Ich flätzte mich aufs Sofa und gab mich ganz meinen Gedanken hin. Alle Geschehnisse der letzten Zeit gingen mir durch den Kopf. Ich hatte es irgendwie immer noch nicht begriffen; doch nun musste ich der Wahrheit ins Auge sehen. Nina war nicht mehr hier. Meine beste Freundin, Seelenbeistand, Trösterin und Kumpelin. Neben Mann, Kind und Hund war sie die wichtigste Person in meinem Leben. Und nun war Nina nicht mehr da.

Ich erinnerte mich an den Anfang der Geschichte: Wir hatten uns damals bei unserem Lieblingsitaliener getroffen. Nina hatte die Einladung ganz förmlich gestaltet, ich ahnte, dass sie mir etwas Wichtiges mitteilen wollte.„Du glaubst nicht, was passiert ist!" Ihre Wangen glühten vor Aufregung.

„Doch, ich werde es bestimmt glauben, wenn du mir endlich erzählen würdest, was los ist. Also, raus mit der Sprache. Bist du schwanger?" fragte ich.

„Bei dir piept's wohl! Glaubst du, ich hätte vergessen, wo man Verhüterlis zu kaufen bekommt. Nein, es ist etwas anderes passiert."

Und dann erzählte mir Nina von dem Wahnsinnsangebot ihres Chefs. Man suchte jemanden für eine Zweigfirma in Brasilien. Nina hatte ein Faible für dieses Land, war einmal im Urlaub dort gewesen und hatte sofort danach angefangen, portugiesisch zu lernen. Genau das war jetzt der Grund, warum man an sie gedacht hatte, als die Stelle in Brasilien zu besetzen war. Da Nina absolut ungebunden war, hatte sie mit einem Jubel sofort zugesagt und war euphorisch wie nie in ihrem Leben. Ich saß ihr gegenüber wie ein begossener Pudel, traurig. Ich freute mich zwar mit ihr, denn die Freundin würde sich ihren Lebenstraum erfüllen. Aber egoistisch, wie ich nun mal war, dachte ich in dem Moment nur an mich. Was war denn mit all den Plänen, die wir zusammen hatten? Was war mit unseren Cafénachmittagen?

Das war damals beim Italiener. Seit dem bin ich nicht mehr dort gewesen. Vielleicht sollte ich an diesem freien Wochenende mal wieder hingehen. Aber zuerst wollte ich mich richtig ausruhen. Ich streckte mich auf dem Sofa aus, nahm die Fernbedienung und zappte mich durch die Programme. Zeichentrickserien (megabrutale Katze jagt oberschlaues Mäuschen), Waschmittelreklame, (was gestern noch das weißeste Weiß deines Lebens war, ist heute schon graue Vergangenheit), Talkshows (wieso liebst du deinen Hund mehr als mich?), Nachrichten (wieder Steuererhöhungen, dafür aber – der Gerechtigkeit wegen – Diätenerhöhungen für die Politiker), und Tennis. Jawoll, das war jetzt das Richtige für mich. Tennis ist wie kaum eine andere Sportart dazu geeignet, abzuschalten. Man muss sich konzentrieren, dabei vergisst man seinen Alltagsärger sehr schnell. Das gilt übrigens sogar für das Tennisgucken vor der Glotze, nicht nur für das zugegebenermaßen gesündere Tennisspielen auf dem Court. Ich vertiefte mich in das Spiel. André Agassi gegen Michael Chang. Der zweite Satz gestaltete sich hochdramatisch. Ich fieberte mit, verfolgte jeden Ballwechsel, meine rechte Schlaghand ahmte die Ausholbewegung nach. Tiebreak. Die Kamera schwenkte über das vor Begeisterung von den Plätzen gesprungene Publikum. Da sah ich sie.

Nina.

Nein, ich musste mich geirrt haben. Das konnte ja nicht sein. Wo war das Turnier? Am Hamburger Rothenbaum. Ich war völlig verwirrt, konnte dem weiteren Spielverlauf kaum folgen. Hatte mir da meine Phantasie, mein Unterbewusstsein, einen Streich gespielt? Wurde ich jetzt langsam verrückt? Eine Traurigkeit breitete sich in mir aus. Nina hatte schon lange nicht mehr geschrieben.

Das Geschehen auf dem Bildschirm ging weiter. Eine Bombenstimmung. Dritter Satz, Aufschlag Agassi. Ich befahl meinem Unterbewusstsein, mich mit solchem Unfug zufrieden zu lassen. Ich wollte mich wieder auf das Spiel konzentrieren. Ich musste mich verguckt haben. Schließlich gibt es mehrere junge Frauen mit blonder Ponyfrisur. Auch mag es durchaus möglich sein, dass mehrere junge Frauen mit blonder Ponyfrisur sich ein grelles Haarband aufs Haupt setzen. Es konnte nicht Nina gewesen sein.

Das Tennisspiel hatte mich wieder in den Bann gezogen. Die beiden Akteure boten ein solche aufregendes Spiel, ich wusste gar nicht, auf wessen Seite ich mich stellen sollte. Der dritte Satz war entscheiden. Vierter Satz. Seitenwechsel und Pause. Ich nutzte die Zeit, um mir einen Kaffee zu machen. Gedankenverloren werkelte ich in der Küche. Mir fiel ein, wie Nina und ich mal vorgehabt hatten, ein kleines Café zu übernehmen ... Wir hatten doch so viele Pläne ... Warum ließ sie mich jetzt einfach allein? ... Sicher, es war ihr Leben, und ganz sicher hätte ich mich auch so entschieden. Ganz sicher ... Obwohl, ... warum schrieb sie nicht mehr? ... Was war los mit ihr?...

Bewaffnet mit meinem Kaffee kehrte ich zum Tennisgeschehen zurück. Drittes Spiel im vierten Satz, Aufschlag, Aufschlagreturn, Volley, Punkt. Aufschlag, tödlicher Return, Punkt. Ballwechsel von der Grundlinie, Punkt. Aufschlag, Return, Rückhand, Aus. . . „Game Agassi", Seitenwechsel. Wieder stand das Publikum. Kameraschwenk auf eine entblößte Agassibrust, Gekreische unter den Tennis-Teenies, Kameraeinstellung auf die Zuschauer. – Nein!!! – Es *war* Nina!!! Es gab keinen Zweifel mehr. Niemand konnte beim Lachen so den Mund verziehen wie sie. Niemand benutzte einen solch knalligen Lippenstift. Niemand trug zu orangerotem Haarschmuck ein lila Nickytuch. – Nina! –

Ich war fix und fertig. Das Match war mir egal geworden. Wie konnte meine Freundin, meine aller- allerbeste Freundin, mit der ich alles, aber auch alles besprach, wie konnte sie einfach aus Brasilien nach Deutschland kommen, sich puppenlustig ein Tennismatch ansehen, ohne mich vorher anzurufen??? Sicher, sie konnte tun und lassen was sie wollte. Schließlich war sie ja schon groß. War für sich selber verantwortlich. Musste mich nicht fragen, wenn sie etwas vorhatte. . . Ich konnte und ich wollte nicht verstehen, wieso sie mir nicht geschrieben hat, dass sie wieder nach Deutschland gekommen ist. Ich starrte wie hypnotisiert auf den Bildschirm, um die letzte Sicherheit zu bekommen. Doch der doofe Kameramann tat mir den Gefallen nicht.

Wie das Spiel ausgegangen war hatte ich nicht mitbekommen. Ich hatte mich ans Telefon gehängt in der Hoffnung herauszubekommen, seit wann sie hier war und wo sie wohnte.

Zuerst rief ich ihre Mutter an. Sie würde sicher eine Erklärung haben. Doch Frau Pape tat ganz erstaunt. Sie hatte auch schon länger nichts von ihr gehört. Ich überlegte, ob ich Ninas Mutter informieren sollte. Schließlich hatte sie noch viel eher als ich das Recht zu erfahren, wo ihre Tochter war. Was mochte bloß mit ihr los sein, wenn sie sich nicht einmal bei ihrer Mutter gemeldet hatte?

Dann versuchte ich es bei Mark, Ninas Arbeitskollegen. Aber auch dieses Telefongespräch verlief so beängstigend wie das mit Ninas Mutter. Auch in der Firma hatte sie sich nicht gemeldet, man wusste nicht, wo sie zur Zeit war. Sehr, sehr nachdenklich war ich geworden. War etwas Schlimmes passiert? Nein, wenn ich an ihr Gesicht vom Hamburger Rothenbaum dachte, konnte eigentlich nur etwas Schönes geschehen sein. Hatte sie geheiratet?

Nein, nicht Nina. Und wenn, ja wenn, dann hätte sie mich doch informiert. Ganz bestimmt. Ganz, ganz, *ganz* bestimmt. Gerade mich. Ich wurde fast ein bisschen beleidigt. Ich jedenfalls hätte die Freundin informiert über einen so wichtigen Schritt. Vielleicht kannte ich so doch nicht so gut, wie ich immer glaubte.

In dieser Nacht schlief ich sehr schlecht. Meine Gedanken gingen im Kreis. Ich überlegte mir, was ich unternehmen konnte, um zu erfahren, wo Nina war. Ich wälzte mich von einer Seite zur anderen. Irgendwie musste ich es herausbekommen. Gegen Morgen fiel ich in einen unruhigen Schlaf. Ich träumte vom brasilianischen Urwald, von einem Krokodil, das aus dem Wasser auftauchte, sein Riesengebiss bedrohlich auf mich gerichtet. Gerade als es zuschnappen wollte, schrumpfte das Tier zu einem winzig kleinen Reptil auf einem Tennisdress. Noch unruhiger erwachte ich. Nur ein einziger Gedanke: Es war etwas mit meiner Freundin passiert. Ich musste nach Hamburg und nach ihr suchen. Wenn sie gestern dort war, muss sie auch in Hamburg übernachtet haben.

Ich beschloss, nach dem Frühstück nach Hamburg zu fahren. Heute müsste das Halbfinale sein. Vielleicht bekam ich noch Karten und stieß irgendwie durch einen glücklichen Zufall auf Ninas Spuren. Ich fühlte mich wie Sherlock Holmes, der seinen wichtigsten Fall zu lösen hatte. Mir war aber total mulmig zumute, alles kam mir so unheimlich vor. Na, bei einem leckeren Honigtoast würde ich mich schon wieder beruhigen.

Nix mit beruhigen. Ich konnte die Stille nicht ertragen und schaltete den Fernseher ein.

„Und hier nun die Vorschau auf unser heutiges Nachmittagsprogramm. Um fünfzehn Uhr hoffen wir, Ihnen das Viertelfinale der Tennisherren übertragen zu können, das gestern wegen des starken Regens nicht stattfinden konnte. Stattdessen zeigten wir eine Aufzeichnung des Endspiels vom Vorjahr..."

Sag mir, wo die Socken sind

Hausarbeit macht keinen Spaß. Jedenfalls mir nicht. So viel ist klar. Aber es gibt unter allen Hausarbeiten einige, die ich überhaupt nicht mag, und wieder einige, die ich gelegentlich ohne Groll und Schimpfen erledige. Zu den letzteren gehört das Zusammenlegen von Socken. Man kann gemütlich dabei auf dem Sofa sitzen, fernsehen oder sich von der Lieblingsmusik von Eros berieseln lassen, und schon wird eine so profane Tätigkeit wie das Strümpfezusammenlegen zu italienischen Momenten im Leben aufgewertet.

Einen Haken hat die Sache allerdings: Nach jeder Wäsche wächst die Anzahl der Singles unter unseren Socken. Die armen, bedauernswerten Fußbekleidungsstücke haben ihren Partner (beziehungsweise ihre Partnerin, wer weiß schon ob Socken männlich oder weiblich sind?) verloren. Da sitze ich nun ratlos auf dem Sofa, vor mir ungefähr achtzehn farbige Einzelstücke. Und Eros singt was von cose della vita. Tja, das sind die Dinge des Lebens, die zu verstehen ich nicht imstande bin. Doch als ordentlicher Mensch im Allgemeinen und als Hausfrau im Besonderen gehe ich den Dingen gern auf den Grund, und so frage ich mich allwöchentlich: Wer oder was um alles in der Welt lässt unsere Socken verschwinden? Und vor allem warum? Und wohin? In Frage käme der Hund, allein schon deshalb weil er auf der Verdächtigenliste wenn etwas verschwunden ist immer an erster Stelle steht. Ich suche in seiner Ecke nach, auf seinem Sofaplatz, am Fußende des Bettes. Keine Socken, jedenfalls nur welche, die nicht mehr gelten, die haben wir ihm irgendwann freiwillig vermacht. Der Hund war's also nicht. Wer dann? Das Kind, klar. Verdächtiger Nummer zwei. Also auf ins Kinderzimmer. Keine Socken im Bett, keine unterm Bett. Ah, ich werde fündig, zwei einzelne befinden sich zwischen Computertisch und Kleiderschrank. Doch die weitere Suche bleibt erfolglos. Mit meiner mageren Beute begebe ich mich zurück auf's Sofa, um darüber nachzusinnen, wer noch daran interessiert sein könnte, uns die Strümpfe zu stehlen. Gibt es Leute, die ein Motiv haben? Eigentlich nein, ich kenne nur wenige Menschen, die es bevorzugen, mit unterschiedlichen Socken oder gar nur mit einer Socke spazierenzugehen. Bleibt noch der dritte Verdächtige, der Ehemann. Aber, ehrlich gesagt, was will er mit Socken, noch dazu dreckigen? (Hm, werden sie vor oder nach dem Waschen geklaut?) Und wo könnte er sie horten? Langsam werde ich hektisch, denn irgendwann will ich schließlich meine Hausarbeit beendet haben. Aber ich muss erst herausfinden, wo all die Wochen, Monate und Jahre unsere Socken geblieben sind. Ich habe die Sache schon zu lange auf sich beruhen lassen. Mit detektivischer Akribie mache ich mich auf Indiziensuche. Als erstes stelle ich fest, dass Strümpfe aller Parteien verschwunden sind. Damit gibt es keinen Hauptverdächtigen mehr. Es muss eine andere Lösung geben. Peinlichst genau vollziehe ich den Weg eines Sockenpaares nach: Nach dem Tragen werden sie – beide – ausgezogen und je nach Geschlecht in die Wäschetruhe oder neben das Bett befördert. Das Geschlecht bezieht sich nicht auf die Socken sondern auf die Träger derselben. Ich, weiblich, werfe sie in den Wäschekorb, Mann und Sohn – männlich – werfen sie neben das Bett. Das könnte zwar ein Anhaltspunkt sein, doch da, wie gesagt, von uns allen Verluste zu beklagen sind, scheint das nicht wesentlich zu sein. Der weitere Weg ist nicht schwer nachzuvollziehen: Waschmaschine, 60 Grad mit Vorwäsche, Wäscheleine und Endstation Wäschekorb. Irgendwer muss auf diesem Weg eingreifen. Um Gottes Willen, gibt es Gespenster in diesem Haus? Nein, nun will ich man nicht durchdrehen. War es etwa die Waschmaschine? Frisst sie Strümpfe? Oder nimmt sie sie sich einfach als Lohn?

Ich tappe in den Keller und rede ein bisschen mit der Waschmaschine, versuche ihr zu entlocken, womit ich sie – außer mit Socken natürlich – beglücken oder besänftigen kann. Ich hatte gar nicht mitbekommen, dass mein soeben vom Tagewerk heimgekehrter Ehemann plötzlich neben mir steht. Er sieht mich beunruhigt an und fragt, ob's mir nicht gut geht, ob er helfen könne. Ich verteidige mich: „Aber die Strümpfe!" Aus meiner Stimme spricht Verzweiflung. „Es muss einen Geist geben, so glaub mir doch. Der Hund hat sie nicht, im Bett waren keine, aber neben dem Computer habe ich zwei gefunden..." „Sei ruhig", unterbricht mich mein Ehegemahl, „wird ja wieder alles gut. Morgen gehen wir in die Stadt und kaufen dir ein paar neue Socken, ja?"

Nun sagen sie mal ehrlich, wer ist hier verrückt, er oder ich? Oder die Waschmaschine?

P. S.: Sachdienliche Hinweise über den Verbleib von Einzelsocken werden von mir dankbar entgegengenommen.

Tagesbräsig

Ich hatte wohl einen gebrauchten Tag erwischt. Nichts lief so, wie man es von einem ordentlichen, schönen Tag erwartet. Ich wachte auf mit leichten Kopfschmerzen, ich musste wohl falsch gelegen haben in der Nacht. Ein Blick in den Badezimmerspiegel verriet, dass ich gestern Abend nicht so lange hätte fernsehen sollen, und der Blick auf die Waage zeigte mir deutlich das Misslingen meiner Diät an. Und ein Ziepen im Unterleib verspürte ich auch. Aha, also auch das noch.

Der Chef war missgelaunt, die Kollegin hatte Liebeskummer, und ich hatte Kummer, weil mich niemand bemitleidete. Na ja. Irgendwie muss man auch an solchen Tagen den Kopf oben behalten und gute Miene zum bösen Spiel machen. Auch dieser Arbeitstag ging vorbei, und ich konnte endlich in den wohlverdienten Feierabend flüchten. Wer jetzt glaubt, dass mich der Partner nun liebevoll in seine tröstenden Arme nahm – weit gefehlt. Er erfasste blitzschnell und messerscharf die Situation und grinste breit wegen meines „Unwohlseins" und murmelte nur etwas von „tagesbräsig". Na toll. Da leiden wir Frauen nun Monat für Monat mehr oder weniger vor uns hin. Und statt Trost zu erfahren ernten wir nur Spott und werden nicht ernst genommen. Eine Gemeinheit!

Überhaupt: Wieso eigentlich müssen nur wir Frauen so was aushalten? Was hat sich der liebe Gott eigentlich dabei gedacht, hä? Die Männer haben es in manchen Dingen des Lebens einfach besser. Aber ich glaube an die Gerechtigkeit! Der liebe Gott hat nämlich den Männern als Ausgleich eine viel niedrigere Schmerzschwelle mit in die Wiege gelegt. Was heißen will: Sie leiden auch bei Lappalien einfach intensiver als wir, das vermeintlich schwache Geschlecht.

Mal von den Schmerzen ganz abgesehen, sie, die Männer, tun immer so, als ob wir einmal monatlich unseren Weltschmerz pflegen wollen und die ganze Nölerei einfach nur eine blöde Marotte ist. Sie selber stellen sich als heldenhaft und stark hin, die so schnell weder Schmerz noch Pein aus der Bahn wirft.

Ich wünsche ja niemandem was Schlechtes – ehrlich! Aber ein klitzekleines bisschen war es doch für mich eine Genugtuung, als neulich mein Liebster ziemlich launisch war, unausstehlich könnte man sagen, garstig gar. Nanu, dachte ich, das kenne ich ja gar nicht von meinem ach so Starken. „Etwa tagesbräsig?" fragte ich ihn. Er gab keine Antwort. So etwas soll's ja geben, Männer, die solidarisch mit ihren Frauen mitleiden. Im Zusammenhang mit Schwangerschaft und Kinderkriegen ist dieses Phänomen ja längst bekannt. Da leiden die bedauernswürdigen werden Papis mit ihren Frauen mit, sie kriegen Rückenschmerzen, lernen die morgendliche Übelkeit kennen, manche kriegen sogar einen Bauch. Aber in diesem Fall, mein Liebster... das konnte ich mir nicht vorstellen.

Erst später gestand er mir, dass er Zahnschmerzen hatte. Wie reagieren Männer, wenn sie sich nicht wohlfühlen? Kein bisschen anders als wir, oder?

Abwarten und Tee trinken

Wieso eigentlich nicht? Silke faltete die Sonnabends-
ausgabe der Tageszeitung auseinander und schlug noch-
mal die Seite mit den Bekanntschaftsanzeigen auf.

„Hat dir heute schon jemand gesagt, wie attraktiv du
bist? Nein? Dann wird es aber höchste Zeit, dass wir uns
kennenlernen. Ich, m, aufgeschlossener, unternehmungs-
lustiger aber einsamer Hobbytennisspieler möchte gern
ein Match mit dir wagen." Es folgte eine Chiffrenummer.
Silke hatte noch nie auf eine Bekanntschaftsanzeige ge-
antwortet. Das hatte sie doch nicht nötig! Aber andererseits fühlte sie sich schon eine ganze Zeit allein. Alle
Freundinnen waren liiert, niemand hatte Zeit für sie. Sie
war es leid, Abend für Abend in Kneipen herumzuhängen,
die angeblich in sind. Es war dort nur laut und die Menschen traten scheinbar nur pärchen- oder cliquenweise
auf. Selbst mit Andrea, ihrer beste Freundin, war es anders geworden, seit Andrea mit Mark zusammen war.
Früher hatten sie so viel unternommen, Kneipenbummel,
Kino, Tennisspielen. Das Tennisspielen vermisste sie
sehr. Sie hatte keine Lust, im örtlichen Tennisverein zu
spielen, da gab es nur Snobs. Und einen Platz mieten und
darauf hoffen, dass sich gerade zu der Zeit ein Single-
Spieler bereit erklärte, mit ihr zu spielen, das war auch
nicht das Richtige.

Aber diese Anzeige da verhieß Besserung in mehre-
ren Beziehungen. Wenn sie wenigstens dadurch wieder
einen Spielpartner hätte. Sie nahm ihren Mut zusammen
und schrieb. In kurzen Sätzen erklärte sie dem Inserenten,
dass sie auch gerne ein Match wagen würde. Sie beschrieb
kurz ihr Aussehen, ohne sich hübscher, blonder oder
schlanker zu machen, als sie es war. Und sie schrieb noch,
dass sie unternehmungslustige Männer mag, erst recht
solche, die gerne Komplimente machen.

Nachdem Silke den Brief in den Kasten gesteckt hatte, beschlich sie doch irgendwie ein komisches Gefühl. Sie hatte zwar ihren Absender nicht angegeben, aber vorgeschlagen, dass sie sich im „Pipapo", der zur Zeit angesagtesten Kneipe am Donnerstag Abend um 20.00Uhr treffen wollten. Sie würde daran zu erkennen sein, dass sie Pfefferminztee trank, das tat dort niemand. Und er solle eben auch einfach einen Pfefferminztee bestellen, so würden sie sich sicher finden.

Die Tage bis zum Donnerstag zogen sich endlos. Im Büro war sie mit ihren Gedanken oft nicht ganz bei der Sache. Herr Maack, ihr Chef nervte genau wie immer, doch sie war so sehr mit anderen Dingen beschäftigt, dass sie vergaß, sich über ihn zu ärgern. Sie freute sich darauf, dass endlich mal wieder etwas passieren würde in ihrem in letzter Zeit etwas langweiligen Leben. Sie wusste zwar, dass die Möglichkeit seines Kommens gering war, mit Sicherheit hatte er noch eine Menge anderer Zuschriften bekommen, die ihm mehr zusagten. Doch immerhin war es aufregend, auf jemanden zu warten. Auch wenn sie vergeblich warten würde.

Gewandet in ihr derzeit bestes Outfit, Velourslederhose und Seidenpulli – nicht zu sportlich, aber auch nicht zu elegant – und dezent geschminkt machte sie sich am Donnerstag Abend auf den Weg zu ihrem ersten Blind Date. Es war gut, dass sie den Treffpunkt bestimmt hatte. Sie war auf ihr bekanntem Terrain. Sie öffnete die riesige Holztür zum „Pipapo", und wie immer schlug ihr der Geruch aus Bier und Aufbackbaguettes entgegen. Der Lärm aus den Lautsprecherboxen wurde teilweise vom Stimmengewirr übertönt. Wie konnte man sich in so einem Schuppen bloß wohl fühlen? Wieso war sie hier so oft anzutreffen?

„Hi, Silke, ein Wässerchen und ein Cointreau, wie immer?" Peter, der bärtige Wirt, wusste stets, was seine Stammgäste zu trinken pflegten. „Nein, Peter, heute nicht.

Ich möchte gerne einen Pfefferminztee." Peter glotzte Silke an, schüttelte den Kopf und nuschelte etwas von einer schlimmen Epidemie, die ausgebrochen sein musste.

War er schon da? Silke sah sich um. Alles nur bekannte Gesichter. Leute mit Bier- oder Sektgläsern in der Hand, lachend und schwatzend. Niemand trank Tee. Da kam Peter und stellte ihr die dampfende Tasse vor die Nase. „Da, mein Mädel. Biste krank? Oder wird Pfefferminztee jetzt das neue Modegetränk?" „Modegetränk? Wieso?" Peter deutete auf den Ecktisch hinter der Postersäule. Da drüben trinkt auch schon jemand so ein Gebräu."

Silke drehte sich um und traute ihren Augen nicht. Wer saß da, vor sich eine Teetasse? Herr Maack, ihr ungeliebter Chef. Allerdings nicht, wie sie auf einen Blick erkannte, in Schlips und Kragen, wie sie es gewöhnt war, sondern in Blue Jeans und Pulli. Na, das ist ja ein Ding! Blitzschnell hatte sie entschieden, dieses Date nun nicht wahrnehmen zu wollen. Um Gottes Willen, nicht mit dem Maack. Schnell bezahlte sie ihren Tee und verließ das „Pipapo" so unauffällig wie möglich.

Am anderen Morgen traute sie sich kaum, ihrem Vorgesetzten in die Augen zu sehen. Hatte er sie gestern Abend entdeckt? Und womöglich gesehen, was sie sich zum Trinken bestellt hatte? Sie betete, dass das bitte, bitte, bitte nicht der Fall sein sollte. Herr Maack jedoch verhielt sich in keinster Weise auffällig. Es war alles wie immer. Und damit in bester Ordnung. Vielleicht war er ein bisschen schweigsamer als sonst. Aber das kam öfter mal vor.

Silke sah Herrn Maack ab diesem Freitag mit anderen Augen. Er bezeichnete sich als einen Mann, der Komplimente machen konnte. Na, sie hatte davon jedenfalls noch nichts gemerkt. Und er spielte Tennis? Das konnte sie sich gar nicht vorstellen. Aber kein Wunder, Herr Maack war im Büro durch und durch Geschäftsmann, der nie ein privates Wort verlor. Silke stand mit der Unterschriftenmappe vor seinem Schreibtisch. Ein paar Erläuterungen zu den einzelnen Sachen, konzentriert und geschäftsmäßig wie immer. Ein Telefongespräch unterbrach das Unterschreiben und Silke hatte einige Minuten Gelegenheit, sich ihr Gegenüber in aller Ruhe in Tennisklamotten vorzustellen. Ob er wohl kurze Hosen trug? Sicher würde er ein Baumwollhemd mit Kragen und eine Wollweste in vorschriftsmäßigem Weiß tragen. Wie würde er wohl spielen? Aggressives Angiffspiel oder seichtes Altherrentennis von der Grundlinie aus, immer schön auf korrekte Schlägerhaltung bedacht. Sie würde es wohl nie herausfinden. Während Herr Maack immer noch weitertelefonierte, überlegte sie, ob sie es sich vorstellen konnte, mit ihrem – das fiel ihr jetzt erst auf – eigentlich doch ganz attraktiven Vorgesetzten etwas Privates zu unternehmen. Doch leider konnte sie diesen Gedanken nicht zu Ende bringen, denn er hatte sein Telefonat beendet. Alles ging wieder in die übliche Büroroutine über.

Schade, dachte Silke, das wäre doch mal was gewesen, wenn sie endlich mal wieder jemanden kennengelernt hätte. Konnte sie denn ahnen, dass sich Herr Maack hinter der Anzeige verbarg? Sie hätte doch auch mal ein bisschen Glück haben können! Es hätte jemand sein können, mit dem sie sich auf Anhieb verstand, mit dem sie sich anfreunden konnte. Aber was soll's! Was sagte doch ihre Mutter immer? Weine nicht um verschüttete Milch. Dieses Date war nichts und damit war das Thema durch. Doch sie sollte wieder an diesen Abend erinnert werden.

Sie wusste nicht warum, aber sie konnte einfach nicht anders, sie *musste* diesmal einfach die Bekanntschaftsanzeigen durchlesen. Wie magisch angezogen fanden ihre Augen die Annonce sofort: „Der pfefferminzteetrinkende Tennisspieler wurde versetzt. Silke, bitte melde dich!" Diesmal folgte keine Chiffrenummer sondern eine Telefonnummer. Sollte sie ihn anrufen? Nein, sie wollte mit ihm nichts Privates! Was würden die Kollegen denken? Nein! Unmöglich! Wieso hatte er überhaupt noch-mal eine Anzeige aufgegeben? Hatte er sie doch entdeckt und traute sich im Büro nicht, sie anzusprechen? Ach, was, scheißegal, dachte Silke, manchmal muss man eben auch etwas Unvernünftiges tun. Sie wählte die angegebe-ne Nummer. Es meldete sich ein Anrufbeantworter mit den Worten: „Hallo Silke, heute Abend um 20.00 Uhr im „Pipapo". Dann folgte ein Piepton. Was erlaubte der sich! Empörte sie sich. Hatte er nicht genug Mut, direkt mit ihr zu sprechen? Sie wählte die Nummer ein zweites Mal, doch es war besetzt. Silke faltete amüsiert die Zeitung zusammen. Es war Sonnabend, ein schlechter Tag für das „Pipapo". Am Wochenende war es immer noch voller als sonst, Unterhaltungen waren praktisch unmöglich. Sie überlegte, ob sie wirklich hingehen sollte. Aber was ris-kierte sie schon? Wär vielleicht wirklich ganz interessant, den miesepetrigen Maack mal von einer anderen Seite kennenzulernen.

Punkt acht betrat sie den Laden, schaute wieder auf die Eckbank hinter der Säule. Doch da saßen nur ein paar Jugendliche vor ihren Colas. Sie bestellte bei Peter, dies-mal aber wieder Cointreau. „Na, biste wieder fit, Silke-mädel?" begrüßte Peter sie. „Ich war immer fit, ehrlich. Sag mal Peter, ist der Typ, der Donnerstag den Pfeffer-minztee getrunken hat, heute auch da?"

Peter antwortete: „Nee, nicht dass ich wüsste. Aber da vorne, da sitzt wieder jemand mit Appetit auf so ein Gesöff. Ich versteh die Welt nicht mehr, da hat man nun eine Kneipe mit dem größten Spirituosenangebot der gan-zen Stadt, und auf einmal wollen sie alle Pfefferminztee. Silke sah den Mann am anderen Ende der Theke sitzen, vor sich einen Tee. Er hatte blondes Haar, das ihm seitlich bis aufs Auge fiel. Er hatte dunkle Augen. Waren sie braun? Das konnte sie aus der Entfernung und bei der Kneipenbeleuchtung nicht erkennen. Jedenfalls hatte er unglaubliche Augen. Sie lachten, diese Augen. Und sie lachten ihr zu. Der Mann hob die Schultern und machte ein fragendes Gesicht. Er lächelte sie an und zeigte erst mit dem Zeigefinger auf sich selbst, dann auf Silke. Sie nickte, verstand die Geste so, dass er zu ihr herüber kommen wollte. Er balancierte umständlich seine Teetasse durch die Menge. „Silke?" fragte er, als er bei ihr angekommen war. „Ja. Bist du etwa der Komplimente machende Tennisspieler?" „Was heißt hier etwa? Ich bin jedenfalls der, auf dessen Anzeige du dich gemeldet hast. Ich heiße übrigens Sven." „Ach du liebe Zeit!" Silke war ganz durcheinander. „Und ich dachte, du wärst ein ganz anderer." „Wie jetzt? Das verstehe ich nicht." sagte Sven. „Ich erklär dir das später." Silke bezahlte zwei Pfefferminztees und zog Sven hinter sich aus dem Laden, man würde irgendwohin gehen, wo es ruhiger war.

Herr Maack übrigens erklärte später, er war an dem besagten Donnerstag mit seinem Neffen verabredet gewesen. Dass eine Tasse Pfefferminztee so viel Verwirrung stiften kann.

Traumurlaub

Durch eine Umfrage des Hamburger GEWIS-Institutes im Auftrag der Frauenzeitschrift FÜR SIE kam es heraus: Wie wünschen sich Frauen den Urlaub? Was erwarten sie von den schönsten Wochen des Jahres? Welche Traumziele haben Frauen? Was wollen sie im Urlaub unternehmen?

Viele Frauen (40%) verstehen unter einem richtigen Traumurlaub nicht die zwei Wochen Ferienhaus in der Lüneburger Heide, nein, für sie bedeutet der Traumurlaub ein Aussteigen auf Zeit. Mindestens ein Vierteljahr Pause. Wie gesagt, es handelt sich dabei um das, wovon Frauen träumen, nicht um das, was sie verwirklichen. Leider.

Das Institut ermittelte: 39 % wollen sich im Urlaub richtig verwöhnen lassen. Das heißt, sie wollen in einem Hotel wohnen, wollen nicht kochen – abwaschen natürlich auch nicht – sie wollen es sich einmal richtig gut gehen lassen. Was denn? 39 %? Heißt das, dass 61 % der Frauen im Urlaub kochen und abwaschen und Betten machen und Staub wischen und einkaufen und wer weiß was noch wollen? Kann sich das wer vorstellen? Womöglich putzen sie erst einmal die Fenster ihrer Ferienwohnung. Aber ich schweife ab.

22 % träumen von exotischem Flair, von der Karibik, von der Südsee... Wer träumt nicht davon? (Vermutlich wollen die „restlichen" 78% doch in die Lüneburger Heide?) Das Urlaubsziel spielt schon eine nicht unbeträchtliche Rolle, was den Erholungswert des Urlaubs betrifft. Was nicht heißen soll, dass ein Urlaub um so wertvoller ist, je weiter man verreist. Jede/r sollte für sich herausfinden, welcher Ort für einen persönlich am vorteilhaftesten ist. Ob es immer noch Leute gibt, die sich bei der Wahl ihres Urlaubszieles daran orientieren, womit sie die meisten Neider beeindrucken können? Doch zurück zur Umfrage:

24 % suchen in ihrem Traumurlaub – wenn sie ihn sich denn so aussuchen könnten, wie sie wollten – Abenteuer, aufregende Erlebnisse und Sport. Vor allem die jüngeren Frauen unter 30 träumen von dieser Art, ihren Urlaub zu verbringen. Da nehmen sie sich nichts mit den Männern. Interessiert hätte es mich allerdings schon sehr, wie sie die Sache sehen. Klar, da ist der typisch männliche Abenteuerurlaub mit Klettertouren, Überlebenstraining im Urwald, die berühmte Camel-Trophy mit ihren Anstrengungen. Alles Reisen, auf denen die Frauen in der Minderzahl sind. Doch von allen denen, die verreisen, sind die Abenteuerurlauber doch in der Minderzahl. Die meisten Männer – das ist meine persönliche Meinung – wollen im Urlaub nicht raus aus dem Alltag. Ich glaube sie hätten's schon gern, wenn alles in seinen geregelten Bahnen läuft. Mit Kaffee und Brötchen zum Frühstück, Schnitzel zum Mittag und Sportschau im Fernsehen am Abend.

Ganze 12 % (in Worten: Zwölf) wollen in den wohlverdienten Ferien raus aus dem Alltag. Mal etwas anderes tun. Abenteuer erleben. Ungewohnte Sportarten ausprobieren. Freiheit genießen. Tun, wozu man Lust hat, einmal richtig egoistisch sein. Das genau ist wohl das Ziel eines Urlaubes, mal herauszukommen aus dem Trott, neue Eindrücke sammeln. Was um alles in der Welt wollen die 88 %, die nicht heraus wollen aus dem Alltag? Bestimmt sind das Mütter, die sich nie im Leben vorstellen können, für nichts (Essen kochen) und niemanden (Babys, Kleinkinder, Teenies) Verantwortung zu haben.

Die Umfrage belegt, dass sich Frauen schon Gedanken darüber machen, wie, wo, wie lange und mit wem sie die kostbarsten Wochen des Jahres verbringen wollen. Schade eigentlich, dass man die Männer nicht gefragt hat. Vielleicht wollen sie ja auch – genau wie die Frauen - mindestens ein Vierteljahr aussteigen? Vielleicht wollen sie genau wie ihre Frauen mal etwas ganz anderes tun im Urlaub. Kochen vielleicht? Oder abwaschen?

Telefonterror

Das laute Telefonklingeln riss mich aus meinen schönsten Träumen. Verschlafen tastete ich nach dem Wecker, versuchte, eine Uhrzeit zu erkennen: drei Uhr morgens! Wer um alles in der Welt rief mich mitten in der Nacht an? Mein Herz klopfte so heftig, ich musste erst ein paar mal durchatmen, um mich zu beruhigen. Ich nahm den Telefonhörer ab.

„Hausmann," meldete ich mich. Doch man hatte schon wieder aufgelegt. Benommen schlich ich in mein Bett. Nächtliche Anrufer, die sich dann nicht meldeten, so etwas passierte doch den anderen, nicht mir. Unruhig wälzte ich mich von einer Seite auf die andere, konnte nicht mehr richtig schlafen. Das ist dumm, denn von mir wird im Job verlangt, stets hellwach und ausgeschlafen zu sein. Scheiß-Job.

Am Morgen begrüßte mich mein herzallerliebster Chef schon im Treppenhaus.

„Na, Hausmännchen, wohl 'n bisschen die Nacht durchgemacht, wie?" Wie ich das hasste, wenn er 'Hausmännchen' zu mir sagte. Wie ich dieses muffelige, alte Gemäuer hasste, wie ich meinen Chef hasste.

Zuckersüß säuselte ich: „Absolut nicht, ich bin die Erholung in Person." Dieser alte Miesepeter, musste mir meine ohnehin schlechte Laune verderben? Während ich die Treppe weiter nach oben stapfte kam mir eine Idee. Eine Vermutung. Sollte es wahr sein, dass der Alte...

In den letzten Monaten hat es für mich großen Ärger im Büro gegeben. Ich hatte den Verdacht, dass gegen mich Intrigen in Gang gesetzt worden sind. An meiner früher so gelobten Arbeit wurde zunehmend herumkritisiert. In allen Fällen stellten sich die gegen mich vorgebrachten Anschuldigungen als falsch heraus, doch dieses Misstrauen vom Chef ist geblieben. Grundsätzlich war einfach alles, was ich produziert hatte, erst einmal so zu betrachten, als ob es falsch war. Ich hatte mehr und mehr das Gefühl, man wolle mich loswerden. Sollte der Alte mich vielleicht letzte Nacht angerufen haben, um zu erreichen, dass ich unausgeschlafen am Arbeitsplatz erscheinen würde? War ihm das zuzutrauen?

Ein paar Tage ohne besondere Vorkommnisse vergingen. Ich hatte das nächtliche Telefonat, das gar nicht zustande gekommen war, bereits so gut wie vergessen. Doch ich sollte bald schon wieder daran erinnert werden.

Exakt zur gleichen Zeit, drei Uhr morgens, klingelte mein Apparat wieder. Ich war sofort hellwach, ging aber nicht gleich an den Apparat, sondern ich überlegte, wie ich mich melden sollte, damit der Anrufer einen gehörigen Schrecken bekommt. Die Kriminalpolizei rät ja, zu solchen Zwecken immer eine Trillerpfeife neben das Telefon zu legen. In Ermangelung einer solchen bewegte ich mich mutig auf das Telefon zu, hob ab und brüllte so laut ich konnte in den Hörer. Die Nachbarn mussten gedacht haben, meine Stubenkatze wäre plötzlich zum Tiger mutiert. Als ich mich von meinem eigenen Geschrei erholt hatte, lauschte ich in den Hörer – nichts. Grabesstille.

Verdammt, dem, der mich da auf den Arm nehmen will, werde ich es zeigen. Der soll mich kennenlernen. In dieser Nacht schlief ich keine einzige Minute. Stattdessen kramte ich gedanklich in meinem Bekanntenkreis, ob irgendwer dafür in Frage käme, mir einen solchen Streich zu spielen. Denn dass ich gemeint war, das war durch den zweiten Anruf nun klar geworden. Mir fiel absolut niemand ein, dem ich etwas getan haben könnte. Es gab auch niemanden, der mich angefeindet hatte. Außer... ja außer dem Alten natürlich. Ich machte mir einen Plan, wie ich ihn überführen könnte. Ich wollte ihn in die Enge treiben, er sollte zugeben, dass er mich fertigmachen wollte.

Tatsächlich griente er mich am Morgen wieder so komisch an. So richtig hinterhältig.

„Herr Werner", begann ich mein Verhör. „Darf ich Ihnen einmal eine ganz persönliche Frage stellen?"

„Aber ja, sicher, setzen Sie sich doch, Frau Hausmann." Er hatte *nicht* Hausmännchen gesagt.

„Herr Werner, bitte seien Sie ehrlich zu mir. Ich habe in der letzten Zeit das Gefühl, dass Sie weder mit meiner Person noch mit meiner Arbeit zufrieden sind." So, nun war es raus.

Was dann folgte, war eine wahre Lobeshymne auf meinen einwandfreien Charakter und meine absolut zuverlässige Arbeitsweise. Er entschuldigte sich, dass bei mir dieser Eindruck entstanden sei.

Zufrieden ging ich an diesem Abend nach Hause. Das Problem war nun aus der Welt. Aber, verdammt noch mal, woher kamen die nächtlichen Störungen?

Ich öffnete meine Korridortür, schmiss Schuhe und Jacke von mir und mich aufs Sofa. Endlich Feierabend. Ich sah die kleine rote Lampe des Anrufbeantworters leuchten. Ich schaltete ein.

„Hi, du treulose Tomate! Wo steckst du eigentlich? Ich habe ein paarmal versucht, dich aus dem Urlaub aus Trinidad anzurufen, aber du hast nie abgenommen. Melde dich mal."

Es war die Stimme meiner besten Freundin Sabine. Trinidad? Trinidad!!! Zeitverschiebung, jetzt dämmerte es mir.

Vertrauen ist gut – Kontrolle ist besser ?

Endlich hatten es die beiden Freundinnen mal wieder geschafft, sich für ein Essengehen beim Italiener zu verabreden. Selten genug kam es vor, dass sie sich beide gleichzeitig für einen Abend freinehmen konnten von Kindern und Ehemännern, um mal wieder ausgiebig zu quatschen. Früher, als sie weder Ehemänner noch Kinder ihr Eigen nennen konnten, da waren ihre Essengeh-Abende etwas so Selbstverständliches, dass sie es gar nicht richtig zu genießen wussten. Dafür waren diese Abende jetzt nun wirklich etwas Besonderes.

„Was ist los, Funny? Irgendwie kommst du mir bedröppelt vor heute Abend, erzähl mal!"

„Ach, ich weiß auch nicht, mit Joachim ist irgendwas. Ich hätte nie gedacht, dass es mal so weit kommen wird mit uns." Funny nahm hastig einen Schluck aus ihrem Weinglas.

„Wieso?" fragte die Freundin. „Was gibt es denn? Betrügt er dich?"

„Quatsch, Joachim doch nicht! Eher im Gegenteil!"

Viola sah die Freundin erstaunt an. „Hört, hört. Gibt es da etwas, was du mir jetzt sagen willst? Gestehe! Wer ist es?"

„Was redest Du denn! Ich gehe doch nicht fremd. Ich liebe Joachim doch. Aber er macht mich mit seiner Eifersucht verrückt. Weißt du, wie lange er über unseren Abend blöde Bemerkungen gemacht hat? Ich kann das bald nicht mehr hören. Er guckt argwöhnisch, wenn ich mich schminke, mich schick anziehe, so als ob ich losziehe, um den nächstbesten Knaben anzubaggern. Das geht mir so auf die Nerven. Am liebsten würde er mich überhaupt nicht aus dem Haus lassen. Und wenn, dann nur in seiner Gegenwart."

Viola sah Funny mitleidig an. „Du tust mir leid, echt. Aber du darfst dich auf keinen Fall davon beeinflussen

117

lassen. Lass dir von seiner Eifersucht nicht deine Lebens-
freude verderben, hörst du?"

Funny und Viola hoben ihre Weingläser und stießen
an. Sie verstanden sich ohne viele Worte.

Unbehaglich rutschte Funny auf ihrem Stuhl hin und
her.

„Ich habe so ein komisches Gefühl. Kennst du das?
So, als ob du genau spürst, dass dich jemand anstarrt."

„Jetzt gehen sie aber mit dir durch, altes Haus! Du
siehst schon Gespenster. Dein Joachim sitzt brav auf'm
Sofa und hütet Haus und Kind."

„Ja, das weiß ich auch. Aber mal ehrlich, kennst du
das Gefühl, als ob dich jemand anstarrt?"

Viola rollte ihre Augen und verzog den Mund zu einem spitzbübischen Grinsen. „Hm, ich wollte dich ja nicht
unbedingt darauf bringen, aber jetzt, wo du's sagst. Der
Typ dahinten an der Theke, der guckt wirklich fast den
ganzen Abend zu dir herüber. Und wenn du mich fragst,
gar nicht mal uninteressiert. Sieht nett aus. Dreh dich jetzt
bitte nicht um, er guckt gerade wieder."

„Mensch, rede doch keinen Quatsch! Wenn er mich
schon so lange anguckt, warum ist es dann mir nicht aufgefallen."

„Weil du nur Augen für deinen Joachim hast, meine
Liebe, darum!"

Die beiden Freundinnen bestellten ein Dessert und
ein Getränk. Sie redeten noch eine ganze Weile über ihre
Beziehungen zu ihren Ehemännern und die damit verbunden Problemchen. Dabei wurde Funny immer mehr klar,
wie sehr sie sich wünschte, dass Joachim nicht mehr so
krankhaft eifersüchtig war. Sie hatte ihm noch niemals
auch nur den leisesten Anlass gegeben, und doch kontrol-
lierte er sie ständig. Sie fühlte sich wie in einem Käfig. Er
rief sie an, wenn sie vormittags im Büro war, er rief sie
am Nachmittag zu Hause an. Er hatte ihr ein Handy geschenkt – zuerst hatte Funny sich gefreut darüber, doch

sie hatte schnell gemerkt, dass es nur ein Kontrollwerkzeug für Joachim war. Er wollte immer und jederzeit wissen, wo sich seine Frau aufhielt. Sie fühlte sich wie sein Eigentum, eine Frau gefangengenommen, die nur ab und zu auf Antrag Ausgang erhält, und das auch nur widerwillig.

Der Kellner kam an den Tisch. „Frau Werner?" Viola nickte erschrocken. „Telefon für Sie." sagte der Kellner und legte ein tragbares Gerät auf ihren Platz.

„Werner!" meldete sie sich. „Oh nein, das gibt's doch nicht....Aha....Na gut, tschüss!" Sie reichte dem Ober das Telefon. „Toll, das war's dann für heute mit unserem Quatschabend. Es war Thomas. Vanessa hat den ganzen Abend geschrien. Sie bekommt doch zwei Zähne gleichzeitig. Und Thomas ist schon ganz aufgelöst, weiß nicht, wie er sie beruhigen soll. Ich muss nach Hause."

„So ein Mist!" antwortete Funny. „Geh du nur, ich mach' das mit dem Bezahlen schon, das nächste Mal zahlst dann eben du. Hoffentlich können wir unser Gespräch bald fortsetzen." Die beiden Freundinnen verabschiedeten sich, und Funny saß allein am Tisch. Eine unbehagliche Situation. Doch ehe sie darüber nachdenken konnte, kam der Ober an ihren Tisch und stellte ein Glas Sekt vor sie hin. „Von dem Herrn," sagte er und deutete auf den Mann an der Theke, über den sie zuvor mit Viola gesprochen hatte. Was sollte sie davon halten? Seit wann ließ sie sich von wildfremden Männern einladen? Vorsichtig drehte sie sich um. Sah wirklich schnuckelig aus, das musste sie zugeben. Er hatte ebenfalls ein Sektglas in der Hand, hob es an, deutete auf ihren Tisch und machte ein fragendes Gesicht. Sie nickte....

Funny Klein, was um alles in der Welt tust du da? Das war der letzte klare Gedanke, der ihr durch den Kopf schoß.

Mr. Schnuckelig hatte sich an ihren Tisch gesetzt und versuchte, ein Gespräch in Gang zu bringen. Nein, er versuchte es nicht, er schien ein Meister im Small Talk zu sein. Er stellte sich artig vor, Reinhard Freund war sein Name (wie freundlich), sie stellte sich ebenfalls vor. Und so plauderten sie und tranken und lachten und scherzten. Ja, und sie flirteten auch. Heftig sogar. Funny wusste gar nicht richtig, was da mit ihr geschah. Gerade, als sie merkte, dass das Gespräch eine Wendung nahm, die ihr im Moment noch zu weit ging, entschuldigte sie sich, um kurz auszutreten. Im Waschraum sah sie in den Spiegel und erschrak fast. Leuchteten ihre Augen? Hatten ihre Wangen eine rosige Farbe, auch ohne Make up? Sah sie etwa richtig glücklich aus? ‚Ja, Funny Klein. Du siehst glücklich aus!' Seit langer Zeit mal wieder fühlte sie sich ernst genommen. Verstanden. Sie fühlte sich frei. Und wenn sie an Joachim dachte, kam etwas wie Schadenfreude in ihr hoch. Jahrelang hatte er sie verdächtigt, sie würde mit anderen Männern was anfangen wollen. Was sie niemals vorgehabt hatte. Wie ist das? Kann es sein, dass jemand so wird, wie die Umwelt es ihm immer einredet? Könnte sein. Man sagt das bei kleinen Kindern ja auch. Wenn man ihnen immer sagt, wie klug und gut sie doch sind, dann werden sie es auch – und umgekehrt, wenn man ihnen bestätigt, dass sie dumm sind, dann wird auch das eine sich selbst erfüllende Prophezeihung werden. Das hatte Joachim nun davon. Immerzu hatte er ihr eingeredet, was mit einem anderen anzufangen.... Sie warf den Kopf in den Nacken, strich sich mit den Fingern durch die Haare und kehrte an ihren Tisch zurück.

Reinhard versuchte, die Unterhaltung an dem Punkt weiterzuführen, an dem sie aufgehört hatten. Zuerst redeten sie über Belanglosigkeiten. Jedenfalls waren es für Funny Belanglosigkeiten. Arbeit, Beruf, Kinder, Ehe.... „Du bist also verheiratet?" Es war mehr eine Feststellung als eine Frage. Er blickte sie an und sah ihr tief in die Augen. Sein Blick sagte mehr, als sie wissen wollte...Sie spürte, dass sie auf dem besten Wege war, einen Fehler zu begehen. Auch Reinhard schien das zu fühlen. Schnell lenkte er ab. „Hey, wir sollten Schluss machen für heute Abend, du wirst bestimmt erwartet." „Ja", sagte sie hastig. „das stimmt."

Er kramte einen Kugelschreiber aus seinem Jackett und schrieb eine Telefonnummer auf einen Bierdeckel. „Ruf mich an, wenn du magst." Er sagte es so eindringlich, dass sie sich am liebsten hier und jetzt sofort mit ihm verabredet hätte. Doch es war wohl gut so, dass sie seine Telefonnummer hatte. Nun war es ganz allein ihre Entscheidung, ob etwas aus dieser Begegnung werden könnte.

In den nächsten Tagen zeigte Joachim sich kein bisschen eifersüchtig. Er war so aufmerksam wie früher, brachte ihr sogar Blumen mit. Es gab keine oder kaum Kontrollanrufe. Das Handy schwieg. Funny fühlte sich wie zwischen zwei Stühlen hin und her gerissen. Bei Reinhard hatte sie sich noch nicht wieder gemeldet. Sie wusste nicht, was sie tun sollte. Wenn Joachim sich so verhalten hätte, wie die ganzen letzten Jahre, hätte sie sich schon längst wieder mit Reinhard verabredet. Doch seit dem Abend war ihr Ehemann wie verwandelt. Hatte er doch etwas gemerkt?

Des Rätsels Lösung erfuhr sie ein paar Wochen später per Zufall: Sie hatte Joachim eine zu Hause vergessene Akte ins Büro bringen wollen. Sie betrat sein Vorzimmer, seine Sekretärin war gerade nicht anwesend. Die Tür zum Chefzimmer stand offen. Sie hörte die Stimme ihres Mannes und wollte schon in den Raum stürmen, da stand sie plötzlich wie vom Blitz getroffen da. Was war das für eine Stimme? Kein Zweifel. Sie konnte sich zwar keine Gesichter merken, aber Stimmen. Es war Reinhold. Leise schlich sie in Richtung Tür, damit sie etwas verstehen konnte.

„Ehrlich, Joachim, ich kann es dir versichern. Du hast einen süßen Goldschatz zu Hause. Sie hat den ganzen

Abend nur von dir und den Kindern geredet. Diese Treue-Tester-Nummer hättest du dir wirklich sparen können."

Einen Zahnarzt küsst man nicht

Diese wunderbare Nordsee! Dieser herrliche Wind! Diese überwältigende Natur! Ein Spaziergang am Meer ist das Beste, was man für sich tun kann. Die Gedanken kommen zur Ruhe, der Atem passt sich dem Rauschen der Wellen an. Die Seeluft lässt die Lungen kräftig arbeiten und trägt auf diese Weise dazu bei, dass Herz und Hirn durchblutet werden und man besser denken kann.

Das waren auch Franziskas Empfindungen an diesem Nachmittag. Franziska verbrachte mit ihrer Freundin Sina eine Woche in dem kleinen, verschlafenen Nest, um sich einmal richtig auszuruhen. Heute war Franziska allein unterwegs. Sie blickte auf das Meer hinaus und sah den Wolken nach. Seufzend ließ sie sich in den Sand fallen. Sie schloss die Augen, genoß die warme Herbstsonne auf ihrem Gesicht und gab sich ganz dem Augenblick hin. Es war so schön hier im Herbst, so ruhig. Die Sommerurlauber hatten längst den Ort verlassen, und die Wintergäste waren noch nicht da. Um diese Zeit war es hier am stillsten. Nicht nur in den Geschäften, sondern auch hier am Strand. Nur ganz selten begegnete man einmal einem Menschen.

Ruhe. Das Geräusch der Brandung. Möwengeschrei. Franziska fühlte sich wie im Paradies. Wie aus der Ferne nahm sie ein Geräusch wahr. Zuerst hörte sie es kaum, doch es wurde deutlicher. Es waren Schritte, die näher gekommen waren. Franziska blickte auf und blinzelte in die Sonne. Ein Mann, bekleidet mit Jeans und einem hellen Zopfmusterpullover lachte ihr ins Gesicht. Sie sah in diese unglaublich freundlichen Augen und wusste, dass sie dieses Gesicht schon einmal gesehen hatte. Noch ehe sie ihre Gedanken ordnen konnte, hatte sich der Mann umgedreht und war weitergegangen. In der Ferne drehte er sich noch einmal nach ihr um und winkte. Sie kannte diesen Mann. Doch woher?

„Hi, Franzi, wieder zurück von deinem Gewaltmarsch?" Sina begrüßte sie, als sie die Tür zum Hotelzimmer öffnete.

„Melde mich gehorsamst zurück. Was heißt hier überhaupt Gewaltmarsch? Ich war heute gar nicht weit. Ich habe mich in den Sand gelegt und geträumt."

„Ach wie schön, geträumt hat mein Franzi-Mäuschen, na isses nicht aufregend? Ich hingegen habe etwas erlebt. Verstehst du? E-r-l-e-b-t!" Sina buchstabierte das Wort umständlich, um Franziska klarzumachen, wozu sie hierher an die Nordsee gereist war.

„Toll, was haste denn erlebt, wenn ich mal fragen darf?"

„Och, heute nichts Besonderes, ich war Shopping. Hier schau mal, diesen neuen Fummel habe ich erwischt. Sag mal, bist du wirklich bloß am Strand spazierengegangen? Was gibt dir denn das bloß? Da ist doch niemand!"

„Das stimmt. Normalerweise ist da niemand. Aber heute, da war jemand da."

„Hört, hört. Die Strandschönheit und der Beach-Boy. Jetzt haste mich aber neugierig gemacht. Los, erzähl."

„Hm, ähäm", begann Franziska. „Ja, eigentlich war es gar nichts Besonderes. Er kam einfach vorbei und lächelte mich an."

„Ach, wie romantisch! Und? Habt ihr euch verabredet? Erzähl schon, lass dir nicht jedes Wort aus der Nase ziehen. Wie sieht er denn aus? Wie alt? Wie heißt er?" Sina konnte manchmal wirklich nerven.

„Was du wieder denkst. Er hat mich also angelacht, ist weitergegangen, hat sich dann noch mal umgedreht und gewinkt. Aber da ist etwas, was komisch war. Ich kenne diesen Mann, aber mir will einfach nicht einfallen, woher ich ihn kenne."

„Wer weiß, vielleicht bist du ihm in einem früheren Leben schon mal begegnet."

„Lass doch den Quatsch!"

Die beiden Freundinnen plauderten den ganzen Abend über Männer im Allgemeinen und den Strand-Mann im Besonderen. Sina half Franziska dabei, herauszufinden, woher sie ihn kannte. Doch die beiden Frauen fanden an diesem Abend keine Antwort.

Am nächsten Tag zog es Franziska wie magisch wieder an den Strand. Sie nahm den gleichen Weg wie am Vortag. Durch Sinas Zureden hatte sie sich vorgenommen, ihn anzusprechen, falls er wieder vorbeikommen sollte. Sie war sich allerdings nicht sicher, ob sie sich das zutrauen würde. Franziska ließ sich wieder in den weichen Sand fallen. Die Meeresgeräusche entspannten, sie versuchte, sich in diesem halbwachen Dämmerzustand daran zu erinnern, woher sie den Mann kannte. Sie kramte in ihren Gedanken. Es war noch nicht lange her. Es ist sogar in der ganz nahen Vergangenheit gewesen. Wo war sie in den letzten Tagen vorm Urlaub? Beim Friseur. War es ihr Friseur? Nein. Bei der Kosmetikerin war auch kein Mann gewesen. Bäcker, Lebensmittelladen, Modegeschäft? So sehr sie sich auch anstrengte, ihr fiel es nicht ein. Dabei sah sie ganz genau sein Gesicht vor sich. So nah, wie sie ihn am Strand nicht gesehen hatte ... Und da war ein komisches Gefühl. Ein ganz unangenehmes Gefühl ...

„So, Frau Gerber. Das war's schon wieder für dieses Halbjahr. Die ganze Aufregung umsonst. Alles überstanden. Auf Wiedersehen, das nächste Mal ist Herr Dr. Mund dann wieder da." Er streckte Franziska Gerber eine gummibehandschuhte Hand entgegen und lächelte sie an. Franziska war ganz verwirrt. Zuerst war sie sehr unsicher gewesen, als sie in der Zahnarztpraxis nicht, wie gewohnt, den guten alten Herrn Dr. Mund vorgefunden hatte. Sie hatte vorm Zahnarzt mehr Angst als vor sonst irgendetwas auf der Welt. Sie mochte den ruhigen, väterlichen Dr. Mund sehr gerne, er verstand es immer wieder aufs Neue, ihr die Angst zu nehmen. Und nun hatte dieser junge Schnösel vor ihr gestanden. Ihre erste Reaktion war die der Flucht. Doch sie besann sich und blieb heldenhaft am Ort des Unheils. Froh darüber, die Prozedur wieder einmal überstanden zu haben, hüpfte sie leichten Schrittes die Treppenstufen hinunter. ‚Attraktiver Mann‘, dachte sie noch, als sie das Haus verließ.

„Sina, ich hab's!" Die beiden Frauen hatten es sich in der kleinen friesischen Gaststube zum Abendessen gemütlich gemacht.

„Was hast du? Im Lotto gewonnen? Na, dann stoßen wir schon mal an." Sina machte dem Ober ein Zeichen: „Eine Flasche Sekt bitte für uns!" rief sie ausgelassen.

„Das wär allerdings noch besser", antwortete Franziska. „Nein, ich weiß jetzt aber, wer der Mann am Strand war. Du glaubst es nicht, es war mein Zahnarzt! Vielmehr die Vertretung meines Arztes. Ist das nicht komisch? Zwei Wochen vorm Urlaub war ich dort. Solche Termine verdränge ich ja am liebsten, du kennst mich ja. Vorhin ist es mir wieder eingefallen, wer er war."

„Zahnärzte sind eine gute Partie. Den halt dir man warm."

„Rede doch kein dummes Zeug. Warmhalten. Ich habe ihn gesehen, er hat mich angelächelt und mehr nicht. Basta." Franziska wollte das Thema wechseln. Ihr ging es auf die Nerven, dass ihre Freundin sie dauernd verkuppeln wollte.

„Bitte sehr, Sekt vom feinsten für die Damen!" Die Stimme des Kellners klang tief und sehr angenehm. Bekannt irgendwie. Franziska sah zu ihm auf. Whow! Was für ein Mann! Sie wurde rot. Hoffentlich würde er es in dem Dämmerlicht nicht bemerken. Gekonnt öffnete der Ober die Flasche und schenkte ein. Die beiden prosteten sich zu: „Auf den Abend!" Der Kellner sah die beiden an und grinste. Als er sich entfernt hatte, raunte Franziska der Freundin zu: Das war *er*!"

126

„Wer, er?"

„Mensch, nicht so laut. Der Mann vom Strand, mein Zahnarzt."

„Das kann gar nicht sein, überleg doch mal logisch! Ein Zahnarzt kellnert in einem kleinen Nordseekaff, das glaubst du doch selber nicht!"

„Sina, du weißt ganz genau, wie gut ich mir Gesichter merken kann. Mein Namensgedächtnis ist weiß Gott nicht das beste, aber ich bin mir hundertprozentig sicher, dass dieser Mann erstens der vom Strand war, und dass er zweitens der Vertreter meines Zahnarztes ist."

„Fragen wir ihn doch einfach." Sina war in der Beziehung ganz unkompliziert.

Noch ehe Franziska einen Einwand erheben konnte, hatte sie den Ober herangewinkt. „Sagen Sie mal, junger Mann. Wir beide haben eine Frage. Meine Freundin meint, dass sie Sie schon einmal gesehen hat." Oh Gott, dachte Franziska. Die plumpeste Anmache seit Adam und Eva. Was sollte er von ihr denken? Doch Sina plauderte munter weiter: „Sie glaubt nämlich, Sie aus unserem Heimatort Hameln zu kennen. Als Zahnarzt."

„Nein, da müssen Sie sich irren. Ich wohne und arbeite schon seit mehr als fünf Jahren hier oben. Mir gehört nämlich der Laden hier."

„Ach so, das wussten wir natürlich nicht. Kennen Sie Hameln?" Sina versuchte, das Gespräch auf ein anderes Thema zu bringen.

„Ja, ich war schon mal dort", sagte der Schöne und grinste breit. „Ich habe leider im Moment keine Zeit, mich mit Ihnen zu unterhalten. Aber wie wär's mit heute Abend um zehn Uhr. Da schließe ich. In dieser Jahreszeit ist nicht viel los bei uns."

Die beiden Frauen antworteten gleichzeitig, doch jede etwas anderes. „Leider habe ich für heute schon was vor", sagte Sina. „Gerne, also um zehn", sagte Franziska.

Die Freundinnen sahen sich an und prusteten vor Lachen los.

„Also, bis dann, ich heiße übrigens Manuel."

Wieder einmal hatten sie sich wortlos verstanden. Sina hatte sofort gemerkt, dass Franzi an dem jungen Mann, nun, sagen wir mal, Interesse hatte. Also hatte sie eine Verabredung vorgegeben, um der Freundin den Vortritt zu lassen. Wofür Franziska ihr sehr dankbar war.

Es wurde ein schöner Abend für Franziska und für Manuel. Ein sehr schöner Abend sogar. Die beiden hatten von sich erzählt und sie hatten etwas getrunken. Sie hatten in der kleinen Bar, die sie zu später Stunde aufgesucht hatten, getanzt. Sie hatten sich tief in die Augen gesehen. Vielleicht etwas zu lange. Und wohl auch mit zu viel Gefühl. Aber, wenn zwei Menschen sich ineinander verlieben, sollte man nie von zu viel Gefühl reden.

Die restlichen Urlaubstage verliefen harmonisch, obwohl Franziska mehr mit Manuel zusammen war, als mit ihrer Freundin. Doch Sina freute sich ehrlich mit. Auf dem Heimweg erzählte Franziska Sina alles, was sie mit ihrer neuen Liebe erlebt hatte. Sie plante, zu ihm an die Nordsee zu ziehen, falls sie dort Arbeit finden würde. Erst mal abwarten, ob sie immer noch so verliebt wäre, wenn sie sich zwangsläufig einige Zeit nicht sehen könnten. Er war ein wunderbarer Mann, dieser Manuel, man konnte über alles mit ihm reden. Nur einen wunden Punkt hatte Franziska bemerkt: Er sprach nicht gerne über seine Familie. Aber das empfand sie als nicht so gravierend. Schließlich war sie in ihn verliebt und nicht in seine Familie.

Es war auf dem Weg ins Büro. Franziska musste einen anderen als den gewohnten Weg nehmen, weil eine Straße gesperrt war. Sie kam an der Zahnarztpraxis vorbei und erinnerte sich an den jungen Arzt. Sie grübelte. Wie konnte sie sich so getäuscht haben? Gab es so etwas wie eine Vorahnung? Hatte ihr ihr Unterbewusstsein womöglich einen Streich gespielt und den alten Dr. Mund als ihre zukünftige Liebe erscheinen lassen? Zahnarztbesuche waren für sie ja immer eine psychische Ausnahmesituation. Ach, Quatsch, so etwas gab es doch nicht. Schnell entschlossen parkte sie den Wagen vor der Praxis. Sie betrat die Anmeldung und überlegte, was sie jetzt eigentlich sagen wollte. Sollte sie sich einfach einen neuen Termin geben lassen? Da sah sie ihn. Er war nicht in weißer Zahnarztkluft, sondern er trug einen hellen Pullover und Blue Jeans.

„Manuel", rief sie laut. Doch er war durch eine andere Tür verschwunden. Sie hörte noch seine Stimme, wie er sich von Dr. Mund verabschiedete. Es war *seine,* Manuels Stimme. Kein Zweifel. In Franziskas Kopf ging alles durcheinander. Die Sprechstundenhilfe sagte irgend etwas zu ihr, doch sie hörte nicht hin. Sie raste die Treppe hinunter. Mit klopfendem Herzen fuhr sie ins Büro und rief sofort die Nummer der „Friesenstube" an. Es meldete sich – Manuel!

Was ging hier vor? Franziska wusste nicht, wie sie das alles einordnen sollte.

„Ich wollte dich möglichst lange damit verschonen. Ja. Ich habe mich mit meinem Zwillingsbruder schon vor Jahren verkracht, und wir haben keinen Kontakt mehr. Ich dachte, das sei nicht so wichtig."

Das Geisterhaus

Irgendetwas ist mit meinem lieben Mann nicht in Ordnung. Der sonst so lebens- und unternehmungslustige Mensch ist seit etlichen Wochen bedrückt, hat seinen gesunden Appetit verloren (was mich besonders stutzig macht), er schläft schlecht und er ist fahrig und übernervös. Ich versuchte auf alle möglichen und unmöglichen Arten herauszubekommen, was ihn bedrückt, er schweigt jedoch beharrlich.

Es macht mich traurig, dass er einfach nicht mit mir über sein Problem reden will. Wahrscheinlich denkt er, sein männliches Ego erlitte einen nicht zu reparierenden Schaden, wenn er eine Schwäche zugeben würde. Und tatsächlich hat sich Günter mir gegenüber auch fast nie schwach gezeigt. Er ist ein mit beiden Beinen im Leben stehender Mann. Gerade darum musste ich herausfinden, was los war mit ihm. Ich wollte nicht, wie mir eine Freundin geraten hatte, einfach abwarten, ob sich sein Zustand von selbst besserte. Ich wollte ihm helfen. Ich musste einfach noch mal versuchen, mit ihm zu reden.

Schon am nächsten Abend ergab sich die Gelegenheit. Wir kuschelten uns gemütlich in die Sofaecke, ich hatte einen guten Wein aus dem Keller geholt, und wir plauderten über Belanglosigkeiten. Vorsichtig versuchte ich, das Thema auf ihn und seine etwaigen Probleme zu lenken. Doch Günter wich aus. Er erklärte, dass alles nicht so schlimm sei. Ich würde übertreiben und aus `ner Mükke einen Elefanten machen. Ich also wieder. So ist das, wenn die Männer nicht mehr weiter wissen, dann sind wir Frauen Schuld. Trotzdem: Ich bohrte weiter und Günter gab schließlich zu, dass er in der Firma wirklich einem enormen Stress ausgesetzt war, seit der Juniorchef in der Firma das Sagen hatte. Es wurden viel höhere Anforderungen an Günter gestellt, denen er sich nicht immer gewachsen fühlte. Die berufliche Situation hatte sich so verändert, dass ich es mir lebhaft vorstellen konnte, dass das an seinen Nerven zerrte. Aber, wie Männer nun mal sind, Günter wollte das nicht zugeben. Ich beschloss, das Ganze auf sich beruhen zu lassen, und ihn nicht mehr zu behelligen. Ich ahnte damals noch nicht, dass es noch einen anderen Grund für Günters Veränderung gab.

Am nächsten Wochenende trafen wir uns mit einem befreundeten Ehepaar zu einer Fahrradtour. Er ist Günters Kollege, wir hatten uns über die Firma kennengelernt und mit der Zeit hatte sich eine schöne Freundschaft zwischen uns entwickelt. Die Fahrradtour in der allerersten Februarsonne tat uns allen gut. Wir waren ausgelassen wie die Kinder. Schon ein paar Tage hatte ich überhaupt nicht mehr an unser Problem gedacht. Aber ich sollte bald wieder daran erinnert werden.

Die Männer waren vorausgefahren, Rosi und ich nutzten die Gelegenheit, mal wieder zu tratschen. Ich spürte, dass Rosi mir irgendwas Wichtiges sagen wollte.

"Nun, raus mit der Sprache, Rosi, du hast doch was auf dem Herzen, oder?" fragte ich.

"Na ja, schon. Ich wollte dich auf Günter ansprechen. Matthias hat mir erzählt, es ist schon den Kollegen aufgefallen, dass er seit ungefähr `nem halben Jahr verändert ist."

"Ja, das hab` ich natürlich auch gemerkt. Seit einem halben Jahr, sagst Du? Ich dachte, dass sich das erst seit November so zugespitzt hat." Ich hatte jedenfalls vorher nichts Besonderes bemerkt.

"Nein, es war im August, genau als wir aus dem Urlaub gekommen waren. Matthias dachte noch, Günters Zerfahrenheit und seine schlechte Laune hätten was mit ihm zu tun. Die beiden scheinen sich ausgesprochen zu haben. Günter hat dann was von einem schlimmen Erlebnis erzählt, das ihm nicht aus dem Kopf gehen wollte, über das er auch nicht weiter reden wollte. Weißt du, was er meint?"

Ehe ich antworten konnte, hatten wir Günter und Matthias eingeholt. Darum mussten Rosi und ich unser Gespräch vertagen. Die weitere Fahrt verlief sehr ausgelassen und fröhlich. Abends wollten wir in einem Waldgasthaus einkehren, das etwas abseits gelegen war. Günter hatte urplötzlich keinen Hunger mehr. Er versuchte alles, um uns dazu zu bewegen dort nicht zum Essen zu gehen. Wir konnten das nicht ganz verstehen, gaben aber nach und fuhren nach Hause.

Dort aber hatte mein Göttergatte sehr wohl einen gesunden Appetit. Wir riefen nämlich den Pizzakurier an und er verdrückte eine Riesenpizza mitsamt einem "Salat Extra".

Mir ging das, was Rosi gesagt hatte, einfach nicht aus dem Kopf. Seit einem halben Jahr... Seit August... Was war da passiert? Ja... da war was, jetzt fiel es mir wieder ein.

Es war an einem der letzten warmen Tage. Wir hatten einen Ausflug mit dem Auto unternommen und nachts eine Panne gehabt. Günter ist in ein von der Straße etwas abseits gelegenes Haus gegangen, um den Pannendienst anzurufen. Völlig durcheinander am ganzen Körper zitternd war er von dem Haus zurückgekehrt. Er war so aufgelöst, dass er kaum einen zusammenhängenden Satz herausbekam. Ich hatte die Sache auf den sehr heißen Tag geschoben, wir hatten kaum etwas gegessen, vielleicht spielte Günters Kreislauf ihm einen Streich. Es war aus ihm nicht herauszubekommen, was in dem Haus los war. Er stammelte etwas von "schrecklich" und "kann ich gar nicht glauben", "fürchterlich", "Horror" und "gibt`s doch gar nicht". Da aber der Pannendienst nach kurzer Wartezeit kam, machte ich mir weiter keine Gedanken. Doch jetzt, wo ich mir die Begebenheit noch einmal durch den Kopf gehen ließ, fiel es mir ein: Das Restaurant, das wir nach unserer Fahrradtour besuchen wollten, lag genau in der Nähe des mysteriösen Hauses. Ganz offensichtlich wollte Günter dort nicht vorbei. Nun wurde ich aber langsam unruhig. Er musste dort irgendetwas Schlimmes erlebt haben. Und das wollte ich herausbekommen.

"Sag mal, hast du nicht Lust, mal wieder eine Nachtwanderung zu machen? Weißt du noch, wie toll das war, als wir vor zwei Jahren mit Rosi und Matthias und mit den Hunden unterwegs waren?" fragte ich scheinheilig.

"Doch, ich hätte auch Spaß dran. Rufst du die beiden an, Liebes? Wie wär`s am Wochenende schon? Ich brauch` mal ein bisschen Abstand von diesem Sch...-Büro."

Ich wählte die Nummer. "Hallo Rosi, wie geht`s? - Danke, bei uns ist auch alles okay. Habt ihr Lust, mit uns und den Hunden mal wieder eine Nachtwanderung zu unternehmen? - Ja, prima. Das passt gut. - Nein, nicht die alte Tour. - Gut, abgemacht, ciao, bis Sonnabend um 20.00 Uhr bei euch."

Mein Mann fragte: "Na, wo wollen wir diesmal lang? Habt ihr schon was ausgemacht?"

"Ja", antwortete ich, "wir wollen den Riepen hinauf und dann an der Hütte Rast machen und auf der anderen Seite wieder hinunter. Weißt du noch, das ist da, wo wir im letzten Sommer die Reifenpanne hatten, bei dem alten verfallenen Haus."

So! Nun hatte ich ihn in die Enge getrieben. Jetzt musste er Farbe bekennen, wenn er aus welchen Gründen auch immer, Angst vor diesem Haus hatte. Doch ich hatte mich geirrt. Nichts erzählte mir mein feiger Mann.

"Prima", rief er begeistert. "Ich freue mich schon riesig auf die Wanderung."

Es war wohl doch nur mein eigenes Hirngespinst, die Sache mit dem unheimlichen Haus. Langsam kamen mir selbst Zweifel, ob ich nicht alles überbewertete.

Am Sonnabend Morgen fand ich meinen lieben Günter in einem äußerst desolaten Zustand auf dem Sofa liegend vor. Er klagte über heftige Schmerzen. Er hätte sich einen Nerv eingeklemmt und könne sich überhaupt nicht bewegen. Ja, er hätte sich schon ein Wärmepflaster aufgeklebt, nein, beim Arzt wolle er nicht anrufen, wegen solch einer Lappalie, er wäre schließlich ein Mann. Doch, es täte ihm leid wegen unserer Wanderung, die ja leider ins Wasser fallen würde.

Ich stand da wie vom Donner gerührt. Einerseits bedauerte ich meinen Mann, falls er wirklich einen Hexenschuss hatte, aber andererseits nahm ich ihm das nicht ab. Verdammt noch mal, ich wollte herausfinden, ob ich nun spinne mit dem Verdacht, dass Günter irgendetwas Schlimmes in dem Haus erlebt hat. Oder ob wirklich etwas dran war. Aber was sollte ich unternehmen, das der Wahrheitsfindung diente? Unmöglich konnte ich der armen Kreatur auf dem Sofa ins Gesicht sagen, dass ich annahm, dass seine Schmerzen die eines Hypochonders waren. Man setzt schließlich nicht seine Ehe auf's Spiel.

Am nächsten Morgen hatten die schweren Schmerzzustände meines geplagten Mannes eine erstaunliche Besserung erfahren. Gemütlich saßen wir am Frühstückstisch und gaben uns der Lektüre der Sonntagszeitung hin. Völlig verwundert las ich:

"Wie der Redaktion erst heute bekannt wurde, haben die Dreharbeiten zu dem neuen Gruselfilm der Addams-Family bereits im letzten Sommer begonnen. Die Bevölkerung sollte nicht informiert werden, weil man zu viele Neugierige befürchtete, die das alte, verfallene Haus am Riepenberg aufsuchen würden, um Autogramme von ihren Gruselstars zu ergattern."

Die Amerikareise

Bianka und Thomas saßen am Abendbrottisch und besprachen die Geschichte mit der USA-Reise noch einmal. Sie hatten schon lange dafür gespart, freuten sich sehr auf den Trip.

Aber nun war etwas Entscheidendes dazwischen gekommen. In der Firma, in der Thomas tätig war, wurden personelle Veränderungen vorgenommen und der weitere berufliche Weg konnte nicht so wie geplant fortgeführt werden. Nun, Thomas war noch jung genug, etwas ganz Anderes anzufangen.

"Mami, wann fahren wir denn nach Amerika?" fragte der vierjährige Marvin ungeduldig. Man hatte in der Familie schon oft über die bevorstehende Reise gesprochen und Marvin hatte alle seine Kindergartenkumpels davon informiert, dass er bald nach Merika fliegen würde. "Wir müssen noch mal über die Reise reden, vielleicht wird es in diesem Jahr doch noch nichts" versuchte seine Mutter ihm zu erklären. Auf der einen Seite wollten sie ihn nicht enttäuschen, aber sie wollten ihn durchaus an den Überlegungen teilhaben lassen.

"Aber Mami, ihr habt doch versprochen, dass wir mit dem Flugzeug fliegen!" beteuerte Marvin. "Versprochen ist gar nichts, Mami und Papi müssen noch mal über alles reden".

Der Kleine verstand das alles nicht und ließ sich an diesem Abend nur mit äußerstem Widerspruch ins Bett bringen.

Nun hatten die beiden endlich Zeit, das Thema auszudiskutieren. Thomas wurde eine Ausbildung als Beamter in der Justizvollzugsanstalt angeboten. Diese Sache interessierte ihn so sehr, dass er daran dachte, seinen gut bezahlten Job aufzugeben, um noch mal eine Ausbildung zu beginnen. Allerdings müsste die ganze Familie in den ersten beiden Jahren der Ausbildung erheblich kürzer treten. Einen ganzen Abend lang wurde gerechnet. Schließlich stand fest: Die neue Berufsausbildung sollte begonnen werden, und Thomas wollte gleich am nächsten Morgen seine Kündigung dem Chef vorlegen. Es war beiden nicht leicht gefallen, denn es mussten schließlich finanzielle Einbußen hingenommen werden. Leider fiel auch die Amerikareise dieser Sparmaßnahme zum Opfer. Aber die beiden wussten, dass sie die richtige Entscheidung für die Zukunft getroffen hatten.

Als Thomas am nächsten Nachmittag von der Arbeit heimkam, er hatte die Kündigung bereits abgegeben, wurde auch der Nachwuchs in die Pläne eingeweiht. Es gab zwar ein bisschen Gejammer wegen der Flugreise, aber Marvin war schnell abgelenkt.

Die Zeit verging - es stellte sich heraus, dass Thomas sich wirklich richtig entschieden hatte. Die Ausbildung machte großen Spaß, es war genau das was er gesucht hatte. Seine Zufriedenheit wirkte sich natürlich auch auf das Familienleben aus, zumal jetzt viel weniger Überstunden anfielen als früher. Nur Bianka wurde etwas nachdenklich. Darauf angesprochen erklärte sie, dass sie das Gefühl nicht los würde, dass die anderen Mütter im Kindergarten, wenn sie Marvin mittags abholte, sie in der letzt Zeit so komisch anguckten. Einmal war sie sich sogar ganz sicher, dass das Gespräch verstummte, als sie die Tür zum Kindergarten öffnete. Ihr wurde unbehaglich, aber sie traute sich auch nicht, jemanden zu fragen, ob mit ihr, oder, was wahrscheinlicher war, mit ihrem Sohn etwas nicht in Ordnung war. Vielleicht bildete sie sich das alles auch einfach nur ein.

Eines mittags kam Frau Klein, die Kindergartenleiterin, auf Bianka zu und bat sie zu sich ins Büro. Bianka bekam weiche Knie. Sollte Marvin irgendwas Schlimmes ausgefressen haben? Zeigte er Verhaltensauffälligkeiten? Schlug er sich gar mit den anderen Knirpsen?

136

"Frau Müller, ich wollte Sie mal unter vier Augen sprechen. Ich möchte gerne wissen, ob es stimmt, was Ihr Sohn erzählt hat. Die Verhältnisse in Ihrer Familie haben sich ja ziemlich verändert, nicht wahr? Wenn Sie darüber nicht sprechen möchten, habe ich natürlich Verständnis dafür".

Bianka stammelte "Ja, die beruflichen Verhältnisse meines Mannes haben sich verändert, das stimmt, aber das dürfte doch kein Problem für Marvin darstellen. Ich kann mir nicht vorstellen, dass er darunter leidet"

"So, berufliche Verhältnisse verändert, so kann man es auch nennen, Frau Müller" meinte Frau Klein.

Nun wollte Bianka aber Klartext reden "Was ist eigentlich los?" fragte sie entschieden.

"Na ja, Marvin hat es uns immer und immer wieder erzählt. "Wir können in diesem Jahr nicht nach Amerika fahren. Wir haben nämlich kein Geld. Papi ist doch jetzt im Knast."

Nach einer kurzen Schrecksekunde hörte man nur noch schallendes Gelächter.

Liebe auf den ersten Blick

Nun bin ich mir wirklich sicher. Endlich habe ich Gewissheit. Ich weiß es, ich weiß es, ich weiß es! Juchu, juchu, juchu!!! Ich bin ja so glücklich. Er liebt mich!!!

Vor ein paar Wochen hatte ich mich entschlossen, mit ihm zusammenzuziehen. Natürlich gab es eine ganze Reihe von Überlegungen, die ich vorher angestellt hatte. Schließlich lebe ich seit der Trennung von Daniel alleine. Ich war von zu Hause ausgezogen, als die Geschichte mit Daniel ernster wurde. Doch unser beider Erwartungen waren wohl zu hoch gegriffen. Es ging daneben. Als Daniel ausgezogen war blieb eine unendliche Einsamkeit in mir zurück. In der Zeit nach seinem Auszug ging es mir schlecht, sauschlecht um genau zu sein. Ich fühlte mich verlassen, einsam. Ich konnte zwar mit meinen Eltern darüber reden, auch mit Freundinnen. Aber meine damaligen Gefühle verstand niemand so recht. Ich schwor mir noch an dem Abend, als Daniel mit seiner spärlichen Habe die Tür hinter sich schloss, dass *nie*mehr ein männliches Wesen hier in diesen Wänden sich häuslich niederlassen sollte. Zu sehr schmerzte das Verlassenwerden. Dabei war es nicht einmal so, dass er mich aus heiterem Himmel verließ, wir hatten uns eben einfach auseinandergelebt. Die alte Leier von nicht zugeschraubter Zahnpastatube, immer stärker werdender Unaufmerksamkeit, immer größerer Langeweile.

Genau so war das damals. Die Zeit nach dem Auszug habe ich noch in lebhafter Erinnerung. Es war eine schlimme Zeit. Ich hatte zu nichts richtig Lust. Schließlich hatte ich nie gelernt, alleine zurecht zu kommen. Immer war jemand da, der für die auftretenden Alltagstücken zuständig war. Nie war ich ganz auf mich allein gestellt. Am meisten fehlte mir jemand zum Zuhören, jemand, bei dem ich mich ausweinen konnte, oder dem ich einfach erzählen konnte, wie mein Tag war.

Langsam gewöhnte ich mich jedoch daran. Mit der Zeit gefiel mir der Zustand sogar. Bis - ja, bis ich *ihn* traf. Es kam ganz unvorbereitet. Ich hatte eine Freundin begleitet, einfach nur, um ihr einen Gefallen zu tun. Ich glaube heute fest daran, dass es das Schicksal war, damals, dass mich mitgehen ließ. Nie im Traum dachte ich daran, dass ich an jenem Nachmittag meiner großen Liebe gegenübertreten würde. Ich hatte es früher nie für möglich gehalten, dass es das wirklich gibt. Heute bin ich mir jedoch sicher, es gibt sie, die Liebe auf den ersten Blick. Ich sah seine graugrünbraungelbgesprenkelten Augen. . . und sah sein liebes Gesicht. . . und es war um mich geschehen. Einfach so. Wie ein Blitz aus heiterem Himmel, ein Lottogewinn, Ostern und Weihnachten an einem Tag.

Vor zwei Monaten hatte ich endlich meine Zustimmung gegeben, dass er bei mir einziehen durfte, konnte, sollte. Klar, die Entscheidung kam etwas überstürzt. Aber so ist das eben mit der Liebe. Wenn Amor erst einmal getroffen hat, dann setzen Verstand und coole Überlegung aus.

So kam es also, dass Herbert bei mir einzog. Jede Minute, die wir zusammen waren, genoß ich. Doch blieb in mir immer der Zweifel, ob er es wirklich ernst meinte. Schließlich hatte mir schon einmal jemand seine Liebe geschworen und mich dann doch fallen gelassen, als ob es zwischen uns nichts gegeben hatte.

Aber jetzt bin ich mir wirklich sicher. Sobald ich von der Arbeit nach Hause komme, kaputt und abgespannt, begrüßt er mich liebevoll. Er küsst mich immer noch mit der gleichen Leidenschaft wie am Anfang. Immer noch hat er für mich Zeit, was ich von Daniel nicht gerade behaupten konnte. Er ist liebevoll und zärtlich. Er hat Verständnis für meine Eigenheiten, akzeptiert mein Ruhebedürfnis. Es kommt vor, dass ich mich abends auf's Sofa lege um mich einem Buch zu widmen und er sich wortlos neben mich kuschelt. *Das* muss Liebe sein. Das *ist* Liebe.

Niemals in den zwei Monaten hat er an mir herumgenörgelt, niemals hat es Streit gegeben. Es ist der Himmel auf Erden. Doch grübele ich in stillen Stunden, wo der Haken an der Sache ist. Ich kann mir nicht vorstellen, warum gerade ich ein solches Glück habe. . . Aber: Wieso eigentlich nicht ich? Wieso um alles in der Welt immer die anderen? Auch ich habe ein Anrecht auf ein bisschen Glück, auf Liebe, auf *die* Liebe meines Lebens.

Ich will jetzt nicht mehr lange darüber nachsinnen, warum und wieso ich einen solchen Dusel hatte, genau im richtigen Moment am richtigen Ort zu sein. An dem Tag damals, als ich meinen Herbert traf.

Alle meine Bekannten sind mit mir der Ansicht, dass es die ideale Partnerschaft ist, zwischen mir und meinem Dackel Herbert.

Das Einschreiben

Der Tag hatte böse angefangen. Schon am frühen Morgen hatte nichts geklappt. Manchmal wird ein Tag, der schlecht begonnen hat, im Lauf der Stunden noch ganz erträglich. An diesem aber wurde es immer schlimmer. Der Abend schließlich versprach, alles in den Schatten zu stellen.

Dass dies` kein Tag wie jeder andere war, das hatte sie schon beim Aufwachen gespürt. Irgendetwas lag heute in der Luft.

Zunächst geschah nichts Besonderes, es sah so aus, als ob alles seinen gewohnten Lauf nahm. Im Büro passierte nichts Unerwartetes. Kein Ärger mit dem Chef, keine Auseinandersetzungen mit Mandanten, keine "unmöglichen" Arbeiten auf dem Schreibtisch.

Alles wie immer.

Doch Britta wurde das komische Gefühl einfach nicht los, dass heute etwas passieren würde, woran sie noch lange denken würde.

Ihre Büroarbeit verrichtete sie sehr aufmerksam, um nur niemandem Anlass zur Kritik zu geben. Sie war ausgesucht freundlich, vielleicht würde es sich auf ihr Inneres positiv auswirken, wenn sie sich nach außen hin positiv gab. Die Bürostunden vergingen - keine besonderen Vorkommnisse. "Prima", dachte sie, "`ich hab` mir das eben nur eingebildet." Sie dachte schon lange nicht mehr an die merkwürdige Stimmung, die sie am Vormittag hatte. Als Britta am Nachmittag nach Hause fuhr, summte sie fröhlich ein Lied aus dem Radio mit. Endlich Feierabend. Sie lenkte ihren Wagen vor ihr Haus. Als sie ausstieg und sich auf die Haustür zubewegte, da war das unbeschreibliche Gefühl wieder gegenwärtig. Richtig flau war ihr. Was war nur los??? Sie drehte den Schlüssel im Schloss und hob die Post auf, die durch den Briefschlitz auf den Boden gefallen war. Hanna hat geschrieben, wie lieb. Neben einem Versandhaus-Prospekt (hatte sie eigentlich die letzte Rechnung bezahlt?) und der Reklameschrift einer Reisegesellschaft, einer Einladung zu einer Kaffeefahrt (für jede Dame eine Damenuhr) und einer Reparaturrechnung (mit Rechnungen bezahlen verplempert man sein ganzes Geld) fand sie einen vom Briefträger ausgefüllten Zettel. Eine Benachrichtigung. "Das ist sicher eine Paketlieferung, bestimmt das bestellte Buch, auf das ich schon so lange warte."

Die Post flog in hohem Bogen auf den Wohnzimmertisch, während sie sich die Schuhe auszog und erleichtert daran dachte, dass sie heute nichts mehr vorhatte. Sie konnte sich nun ganz den Freuden eines gemütlichen Feierabends hingeben.

Mit einem Seufzer ließ sie sich auf den Sessel fallen und nahm die Reklame zur Hand. Ganz hübsche Klamotten. Sie könnte eigentlich mal wieder was bestellen. Ach was, kein Geld. Die Prospektseiten flatterten auf den Stapel Papier zum Wegwerfen. Da fiel ihr die Postbenachrichtigung in die Hand. Da stand ja gar nichts von einem Päckchen. Das war eine Benachrichtigung, dass für sie ein Einschreiben angekommen war.

Schon war das Gefühl, das sie den ganzen Tag beschlichen hatte, wieder da. Wer um alles in der Welt schickte ihr ein Einschreiben???

Britta hatte bisher dreimal eine Einschreibsendung erhalten. Das erstemal war es der Lehrvertrag vor vielen, vielen Jahren. Das zweite Mal war es die Kündigung, ihr damaliger Arbeitgeber wollte sich von ihr "in beiderseitigem Einvernehmen" (von wegen Einvernehmen und von wegen beiderseitig!) trennen. Der dritte eingeschriebene Brief schließlich war die Kündigung ihrer letzten Wohnung wegen Eigenbedarf.

Von wem war dieser Brief? In Gedanken ließ sie die letzten Tage und Wochen an sich vorüber ziehen. Sie überlegte, ob sie sich irgendwann irgendwas hatte zuschulden kommen lassen. Ihr fiel schon einiges ein. Es hatte im Büro einen Riesenknaatsch mit dem Chef gegeben. Sollte er ihr tatsächlich gekündigt haben? Sie hatte es ja schon am Morgen geahnt: Dieser Tag würde ihr Leben verändern. Oder war es wieder die Kündigung des Mietvertrages? Eigenbedarf kam diesmal jedoch nicht infrage. Der Vermieter wohnte in einer anderen Stadt und ihre Wohnung war in einem Mietshaus mit sieben Wohnungen. Warum sollte er also ausgerechnet ihr kündigen, falls er Eigenbedarf anmelden sollte? Da fiel ihr etwas ein. Sie war in letzter Zeit etwas knapp bei Kasse, konnte es möglich sein, dass die Bank den Dauerauftrag für die monatliche Mietzahlung einfach unterbrochen hatte, weil nicht genug Geld auf dem Konto war? Schnell holte sie die letzten Kontoauszüge. Doch, alles bestens, der Betrag war abgebucht.

Erst um 17.45 Uhr konnte sie den Brief holen. Sie musste noch eineinhalb Stunden in Ungewissheit leben.

Wann schickt man etwas per Einschreiben? Was würde sie per Einschreiben verschicken? Ihr fielen nur unerfreuliche Dinge ein. Ein eventueller Preisausschreibengewinn konnte es nicht sein, sie nahm nie an Glücksspielen aller Art teil. Sie hatte auch nirgendwo etwas so Wichtiges bestellt, das es wert war, per Einschreiben verschickt zu werden.

Die Minuten vergingen so langsam wie selten. Sie versuchte zwar sich abzulenken, es gelang ihr jedoch nicht. Dieses merkwürdige Gefühl, diese unheimliche Vorahnung, verging einfach nicht.

Schließlich machte sie sich zu Fuß auf, um das Einschreiben bei der Post abzuholen. Am Schalter standen ein paar Leute vor ihr. Ihr kam der Gedanke, die Zuschrift einfach nicht abzuholen. Würde sich der Absender die Mühe machen, die hohen Gebühren noch einmal zu bezahlen? Sie war an der Reihe. Mit schweißnassen Händen schob sie die Benachrichtigung dem Postbeamten zu, nahm schnell den förmlich aussehenden Brief in die Hand. Sie bedankte sich höflich, wünschte einen schönen Feierabend und verließ, ohne den Umschlag eines Blickes zu würdigen, den Schalterraum. Auch hier draußen wagte sie nicht, nachzusehen, von wem die Post war. Sie wollte nicht, dass Passanten Zeuge würden, wenn sie etwas Schreckliches oder Peinliches oder jedenfalls nur etwas Unangenehmes lesen würde.

Sie ging zuerst langsam, dann beschleunigte sie ihre Schritte, schließlich joggte sie nach Hause. Das tat gut. Außer Atem öffnete sie mit zitternden Händen den Umschlag: "Als Anlage übersenden wir Ihnen die Eintrittskarten für das Reinhard-Mey-Konzert am 11. Oktober in Hannover. Mit freundlichen Grüßen.

Britta hatte es ja gleich gewusst: Auf komische Vorahnungen sollte man nichts geben.

Der Gegner

Fröhlich und schnatternd betraten die Angestellten und Auszubildenden der Anwaltspraxis an diesem Morgen das alte Haus und erfüllten es mit Leben. Es war wie jeden Morgen. Man erzählte sich die Erlebnisse des vergangenen Feierabends und versuchte, sich durch den Bürotratsch den Anfang des Arbeitstages zu versüßen.

Die in der Kleinstadt sehr angesehene Anwaltspraxis mit angeschlossenem Notariat wurde von vier Rechtsanwälten geführt. Die Sozietät war vor Jahrzehnten vom inzwischen verstorbenen Seniorchef gegründet worden. Die meisten der Angestellten waren schon sehr lange dort beschäftigt, einige sogar seit Bestehen der Praxis. Durch die Auszubildenden, drei oder vier wurden in jedem Sommer eingestellt, war das Betriebsklima sehr locker. Die Angestellten verstanden sich meistens mit den Lehrlingen, von kleineren Reibereien mal abgesehen. Denn die gab es auch unter den Mitarbeiterinnen, obwohl die sich allesamt so gut kannten, dass in einigen Fällen sogar gute Freundschaften bestanden.

An diesem Vormittag im Mai, draußen schien die Sonne aus allen Winkeln und so manche sah sehnsüchtig aus dem Fenster, schien zunächst alles wie immer zu sein. Doch das war ein Trugschluss.

Zur Kaffeepause setzten sich die Beschäftigten wie jeden Morgen im Notariat zusammen, der einzige Raum, der groß genug war, alle unterzubringen. Es waren zwar nicht genug Sitzplätze vorhanden, aber man behalf sich mit Sitzgelegenheiten auf der Fensterbank oder auf dem Tisch neben dem Kopierer. Die fröhlichen Stimmen der Frauen erfüllten den Raum, heute wurde eine Fernsehserie vom Vorabend besprochen. Jede hatte die gezeigte Geschichte anders aufgefasst, jede hatte eine andere Lieblingsfigur dieser Serie. Plötzlich wurde die angeregte Unterhaltung von lauten Stimmen im Treppenhaus unterbrochen. Sie hörten die ruhige aber tönende Stimme ihres Chefs und eine fast schreiende, sehr aufgebrachte eines Mannes, von dem sie im Moment nicht wussten, wer er war. Noch nie hatten sie eine solche Auseinandersetzung miterlebt. Was konnte nur passiert sein? Neugierig wagte sich Sandra an die Tür zum Treppenhaus um zu lauschen. Die "Unterhaltung" hatte inzwischen eine solche Lautstärke angenommen, dass Wortfetzen zu verstehen waren.

"Dies war dein letzter Fall, Schulze, das glaube mir." "Ich lasse dich umbringen." "Du wirst dir Gedanken um das Wohlergehen deiner Frau und deines Sohnes machen müssen." "Auch deine Angestellten werden bald nichts mehr zu lachen haben." Dazwischen war die immer noch erstaunlich ruhige Stimme des Chefs, Herrn Dr. Schulze, zu hören. Die Auseinandersetzung im Treppenhaus schien auszuufern. Irgendetwas musste passieren. Aber einer der Sozien hatte inzwischen die Polizei verständigt, die den Streithammel nur wenige Minuten später abholte. Der Polizist gab allen die Empfehlung, in der nächsten Zeit auf Ungewöhnliches zu achten.

Man ging zur Tagesordnung über, schließlich hatte die Frühstückspause dreimal so lange gedauert wie sonst, es hatte sich verständlicherweise ja niemand aus dem Notariat heraus durchs Treppenhaus getraut. Sandra nahm sich als erstes die Akte vor, an der der ungebetene "Gast" beteiligt war. Es war eine Strafsache, in der es um Diebstahl ging. Die Partei, die die Kanzlei vertrat, war von dem anderen bestohlen worden. Es war ein Betrag in einer beachtlichen Höhe im Spiel. Die Parteien waren gute Bekannte gewesen und daher hatte der Gegner Zutritt zu der Wohnung gehabt. Die Angelegenheit war jedenfalls vor ein paar Wochen abgeschlossen, der vorher unauffällige Täter wurde zu einer Bewährungsstrafe verurteilt. Niemand ahnte die Gewaltbereitschaft, die in ihm steckte.

Besucher, die am Nachmittag dieses Freitags in die Praxis kamen, ahnten nicht, was am Vormittag vorgefallen war. Alle Mitarbeiterinnen saßen emsig an ihren Bildschirmen und arbeiteten wie immer. Jede für sich machte sich noch einige Gedanken, gerade auch, weil der Mann ja gesagt hatte, dass sie, die Angestellten, auch bald nichts mehr zu lachen haben würden. Na ja, das hörte sich wohl alles schlimmer an als es war. Wirklich bedroht wurden sie ja nicht, eher "nur" der Chef. Sie wussten nicht, ob, und wenn ja was er gegen den Mann unternehmen würde. Er würde den Vorfall vermutlich auf sich beruhen lassen. Sie nahmen an, dass auch nichts weiter in Bezug auf die Vorkommnisse passieren würde...

Es war, wie gesagt, Freitag. Endlich Feierabend. Durch die drei Etagen des alten Bürogebäudes klangen fröhliche Wünsche für ein schönes Wochenende. "Leider nicht für mich", sagte Rita, die Buchhalterin. "Es ist doch Monatsschluss und ich muss morgen früh auch ein paar Stündchen." "Du Arme, dass du dir das ausgerechnet jetzt zutraust, nach dem, was heute passiert ist. Ich hätte an einem normalen Tag Angst in diesem Gemäuer, wenn ich ganz allein hier wär." "Ach, red` keinen Quatsch. Ciao, schönes Wochenende." "Ciao, bis Montag."

Sonnabend Morgen. In aller Frühe war Rita schon im Büro um die Monatsabrechnung per Computer zu fertigen. Die Arbeit ging gut voran. Sie dankte dem Erfinder des Computers. Seit das Ding im Büro stand, war ihre Arbeit wesentlich leichter geworden. Früher hatte sie so viel zu tun, dass sie an jedem Sonnabend gearbeitet hat, heute war das nur noch gelegentlich der Fall. Konzentriert nahm sie sich Schritt für Schritt vor, nebenan im Computerraum ratterte der Drucker und spuckte brav die zusammengestellten Daten heraus. Zufrieden mit ihrem Werk machte sich die Buchhalterin daran, die vom Computer herausgegebenen Listen zu ordnen, die Daten auszuwerten und die Berichte abzuheften.

Da war ein Geräusch im Haus.

Sie war sich ganz sicher. Es hatte im Treppenhaus geraschelt. Mit bis zum Hals klopfendem Herzen ging sie zum Flur und lauschte. Nichts, kein Ton. Wahrscheinlich spann ihr Unterbewusstsein. Die Warnung der Kollegin, in diesem Haus nicht allein zu bleiben, ging ihr wohl irgendwie durch den Kopf. Es war jedenfalls nichts zu hören. Sie arbeitete weiter.

Das gleiche Rascheln.

"Ist dort jemand?" rief sie in den dunklen Flur hinaus. Keine Antwort. Nichts.

Als ihr Puls sich beruhigt hatte, versuchte sie vergeblich, sich auf ihre Arbeit zu konzentrieren. Aber die Geräusche gingen ihr nicht aus dem Kopf. Konnte es sein, dass sie sich geirrt, verhört hatte? Gleich zweimal hintereinander? Eigentlich nicht, aber man hat ja schon die erstaunlichsten Dinge gehört, welche Streiche einem sein eigenes Unterbewusstsein spielen konnte.

Wieder. Irgendwer oder -was war hier im Haus.

Sie konnte vor Aufregung gar nicht mehr richtig denken. Ihr war nur klar, dass sie jetzt irgendetwas unternehmen musste. Die Polizei anrufen. Aber wenn sie sich die Geräusche nun eingebildet hatte? Sie machte sich ja zum Gespött der ganzen Kanzlei. Einfach wegrennen? Wenn "er" ihr nun im Treppenhaus auflauerte? Welche Möglichkeiten hatte sie jetzt? Sie horchte. Nichts zu hören.

Also doch. Alles nur Einbildung. Unwillkürlich musste sie über sich selbst lächeln. Wie konnte sie sich nur solche Angst einjagen lassen! Bestimmt war nur ein Lastwagen am Haus vorbeigefahren und hat es erschüttert. Oder auf dem Dachboden lief eine Maus zwischen den alten abgelegten Akten herum. Und sie machte sich hier lächerlich. Also beschleunigte sie ihre Arbeiten, sie schaute auf die Uhr. Wenn sie sich beeilte müsste sie etwa in einer halben Stunde fertig sein. Dann war endlich Wochenende. Sie freute sich schon auf den bevorstehenden Fahrradausflug mit ihrer Familie.

Raschel.

So, jetzt ist Schluss. Ich gehe jetzt durch alle Räume und sehe nach, was hier los ist, dachte sie. Sie überlegte, dass sie sowieso keine Chance gegen einen etwaigen Eindringling hätte. Doch die Angst saß ihr im Genick. Hier war jemand im Haus! Und sie war mit diesem Jemand allein. Die Angst steigerte sich von Sekunde zu Sekunde zur Panik.

"Drrrrrrrr. Drrrrrrrrrrrrr."

Sollte sie ans Telefon gehen, oder den Anrufbeantworter seinen Spruch aufsagen lassen? Was wäre das Richtige? Es klingelte weiter. Wenn sie jetzt abnahm und irgendeinem Mandanten mitteilte, dass sie allein war und dass die Anwälte erst am Montag wieder zu erreichen wären, dann könnte sie die Geräusche im Haus nicht mehr verfolgen. Es klingelte unaufhörlich weiter. Gewöhnlich legten die Anrufer nach einiger Zeit wieder auf, weil sie sich denken konnten, dass das Büro am Sonnabend nicht besetzt war, wenn so lange niemand abnahm. Dieser Anrufer jedenfalls hatte Geduld. Wusste er, dass sie allein hier war? Kurz entschlossen nahm sie den Hörer ab. "Anwaltsbüro Dr. Schulze und Partner, guten Tag."

"Ja, hier Meier-Mölleringhoff, guten Morgen. Ich wollte mich nur erkundigen ob mein 10-Seiten-Fax, das ich eben geschickt habe, auch angekommen ist."

Sie eilte in den Raum, in dem das Faxgerät stand.

Da lagen die zehn Seiten Raschelpapier auf dem Boden.

Fototermin

Als Überraschung zu Manfreds Geburtstag hatte ich mir in diesem Jahr etwas besonders Witziges überlegt. Wir hatten, seit unser Hund Linus bei uns eingezogen ist, versucht, ein halbwegs passables Foto von ihm zu schießen. Leider vergeblich. Es war nicht möglich, dieses Temperamentbündel dazu zu bewegen, sich still hinzusetzen und in die Kamera zu lächeln. Na ja, das mit dem Lächeln musste nicht unbedingt sein, wir wären ja schon zufrieden gewesen, wenn er mal sitzen bliebe, wenigstens für kurze Zeit. Aber dieser Hundewirbelwind fasst alles, was um ihn herum geschieht, als Aufforderung zum Spiel auf.

So weit, so gut. Zufällig kam ich beim Shopping an einem Fotogeschäft vorbei. Ich blieb überrascht vor dem Ausstellungsfenster stehen. Es waren nur Hundeportraits zu sehen. Liebliche Dackelaugen blickten mich an. Ein Retreiver hatte sich auf den Rücken gerollt und spielte possierlich mit einem Stoffbären. Ein Miniterrier hatte auf einem Plüschlofa Platz genommen und schaute würdevoll drein. Ein kleiner, schwarzer Mischling mit kessem rotem Halstuch machte Männchen. Mein Herz ging auf. Das war`s doch. So ein tolles Foto von Linus. Ja, das wär das perfekte Geschenk für Manfred.

Kurz entschlossen betrat ich den Laden und lobte die gelungenen Hundefotos. Sicher hätte man Erfahrung mit Hunden, säuselte ich, und ob sie denn auch Welpen fotografieren würden. Selbstverständlich würde man das tun, versicherte man mir. Vorsichtig fragte ich, ob das denn auch mit einem doch recht lebhaften Welpen möglich wäre. Aber sicher.

Na gut. Ich machte einen Termin aus und freute mich darauf, Manfred mit einem schönen Foto zu beglücken.

Endlich war der Tag gekommen, an dem unsere Fotosession stattfinden sollte. Linus war gerade in einer Flegelphase. Auch kleine Kinder sollen ja ab und zu von solchen Phasen heimgesucht werden. Irgendwie kann man Kinder auch mit kleinen Hunden vergleichen, finde ich. Flegelwelpe hin und Spiellaune her, wir gingen zum Fotografen, mein Hund und ich. Gutgelaunt betrat ich den Laden, Linus fand, dass er jetzt nicht mehr an der Leine sein wollte und zog so heftig, dass mir die Schnur durch die Hand glitt und eine leicht blutige Spur auf meinen Fingern hinterließ. "Guten Tag. Ich hatte einen Termin." Der freundliche Herr hinter dem Tresen erwartete mich offenbar schon. "Das soll ein Welpe sein? Der ist ja schon so groß!" "Groß ja, aber er ist erst viereinhalb Monate alt," gab ich zur Antwort.

Der Chef war noch nicht im Haus, also bat man mich, erst einmal Platz zu nehmen, was ich auch tat. Wer nicht Platz nahm, war Linus. Er zergelte an der Leine herum, dass er kaum noch Luft bekam. Er wollte alles mögliche, nicht aber still sitzen und auf irgendwas oder wen warten. Keuchend zog er an seiner Leine, jedesmal wenn jemand in den Laden kam, wollte er unbedingt zu dem Menschen hin. Koste es was es wolle. Er verstand mit seinem kleinen Hundehirn einfach nicht, wieso es Menschen gab, die nicht mit ihm spielen wollten. So was hatte er ja nun überhaupt noch nicht erlebt. Kommen die da einfach rein und gehen wieder. Ohne ihn, Linus, den König der Löwen, zu begrüßen.

Die Zerrerei an der Leine hatte mir inzwischen den Schweiß auf die Stirn getrieben. Ich erhob mich, vielleicht gefiele es Linus, wenn er ein bisschen herumlaufen durfte. - Es gefiel ihm NICHT. Kaum hatte ich mich erhoben, versuchte er, mir mit aller Gewalt und Kraft die Leine aus der Hand zu ziehen. Meine Oberarmmuskeln erfuhren in diesen Minuten ein sehr effektives Training. Im Fitness-Studio hätte ich viel Geld dafür bezahlen müssen.

Dann ging die Ladentür auf und Frederik, mit dem ich mich verabredet hatte, kam herein. Gott sei Dank, dachte ich, dann habe ich ein bisschen Verstärkung. - Denkste! Linus war jetzt völlig aus dem Häuschen. Endlich jemand zum Spielen. Er sprang an Frederik hoch, kläffte ein bisschen und machte vor lauter Wiedersehensfreude ein kleines Pfützchen auf den Teppich. Ich wollte am allerliebsten unter denselben kriechen. Alle Kunden und Angestellten drehten sich nach uns dreien um und schüttelten verständnislos den Kopf. Ich hatte nun auch genug und wollte den Landen nicht noch mehr aufmischen. Gerade, als ich mich dezent verabschieden wollte, betrat der Inhaber und Fotograf die Szene. Er begrüßte Frederik und mich und dann machte er einen entscheidenden Fehler: Er zeigte Linus, wie toll er ihn fand. Er kniete sich zu meinem lieben Hund herunter und begrüßte ihn wie einen alten Bekannten. Linus war außer sich. Er küsste den verdutzten Mann mitten auf den Mund und schleckte ihm blitzschnell über die Brille. So, dachte ich, damit wäre der Traum von einem schönen Hundefoto ja wohl ausgeträumt. Aber, wieder falsch gedacht. Der gute Mann war vollends begeistert von so einem freundlichen Hund. Er spielte noch ein Weilchen mit ihm und beorderte uns dann in ein separates Fotostudio. Alles war mit schwarzem Tuch ausgelegt, Kameras und Requisiten standen herum. Linus, der von der Leine befreit wurde erkundete schnüffelnd das Studio. Eine besonders kuschelige Stelle auf dem edlen Stoff gefiel ihm scheinbar, und ohne zu zögern beugte er seine Hinterbeine und pinkelte einen See. Mein Körper reagierte auf die Szene, in dem er mich trotz Kälte heftig transpirieren ließ. Im Boden versinken wollte ich. Raus hier. Kein Foto. Bloß nicht noch mehr Unheil anrichten.

Aber Herr Stein, der Fotograf, blieb immer noch freundlich. Die Vorbereitungen für unser Starfoto wurden getroffen, Kameras eingestellt, Belichtungen gemessen, der (nasse) Stoff hergerichtet. Linus sollte sich mitten auf das Tuch setzen und dort möglichst ein paar Sekündchen sitzen bleiben und die erlernten Kunststückchen wie Sitz und Platz zeigen. Linus machte Theater. Wieso sollte er in Dreiteufelsnamen sitzen bleiben? Das kam nicht in Frage. Herr Stein orderte Sven, seinen Assistenten, zur Hilfe. Sven, dem Himmel sei Dank, auch ein Hundefan, versuchte nun, Linus dazu zu bewegen, auf der Decke Platz zu behalten. "Sagen Sie ihm doch bitte mal Sitz oder Platz. Die Kommandos kennt er doch?" Natürlich kennt er die Kommandos. Natürlich befolgt er sie auch. Natürlich nur zu Hause. Ich kommandierte mir die Seele aus dem Leib. Linus machte nicht Sitz und er machte auch nicht Platz. Bloß ich war kurz vorm Platzen. Ich wollte mich schon kleinlaut entschuldigen, mich für die Mühe bedanken und schleunigst den Ort unserer Niederlage verlassen.

Aber Linus` Verhalten hatte den Kampfgeist von Herrn Stein und Sven geweckt. Dieses Hundefoto war eine echte Herausforderung. Die beiden Männer waren der Meinung, Frederik und ich sollten einfach den Raum verlassen, vielleicht wäre der Hund dann ja besser zu handeln. Wir gehrochten. Aus der angelehnten Tür hörten wir minutenlang nichts anderes als den wohlklingenden Namen unseres Hundes in allen Tonlagen. Als säuselnde Liebkosung, als strengen Befehl, gerufen, gesungen, geschrien. Dann wurde die Tür geöffnet, wir wurden wieder hereingerufen. "Er sucht sein Rudel", stellte Herr Stein fachmännisch fest.

Dann, pfeilschnell sauste das Fellbündel durch den Türspalt in den Laden hinein. Es, das Fellbündel, sprang an sämtlichen sich im Raum befindenden Personen mit wildem Knurren hoch, fegte in einem Affentempo herum und ragte im Eifer des Gefechts mit der Rute einen Ständer mit Fotorahmenmustern um. Klirrend fielen hundert kleine Rahmenecken auf den Fußboden. Nun war aber wirklich Schluss mit lustig. Weg hier!!!

Irgendwie schaffte ich es, den Wildgewordenen wieder einzufangen. Aber Herr Stein ließ einfach nicht lok-

153

ker. Er wollte dieses Foto machen, koste es auch seine ganze Kraft und Zeit. Wir begaben uns also wieder in das Studio und das ganze Prozedere begann von vorne. Rufen, pfeifen, Befehle. Alles half nichts. Linus wollte spielen und raufen aber nicht sitzen bleiben. Sven drückte gerade Linus` Hinterteil auf den Boden. Süß sah er aus - mein Hund, nicht Sven. - Herr Stein meinte nur: " Jetzt mach ich ein paar Fotos und Sie müssen dann nur noch Ihren Bekannten erklären, dass der junge Mann auf dem Foto Sven ist."

Da kam endlich der erlösende, rettende Gedanke Ich glaube, die Idee kam allen gleichzeitig: Frederik sollte mit auf`s Foto.

Linus machte an der Seite seines Rudelmitgliedes alles, was von ihm verlangt wurde. Er setzte sich, er legte sich, er hielt den Kopf anmutig schief, er gab Pfötchen, er war absolut wohlerzogen.

Es sind schöne Fotos geworden. Von meinem Hund - und von meinem Kind.

Wochenendjob

Nicole genoss ihr freies Wochenende. Spontan hatte sie sich am Freitag Abend dazu entschlossen, einfach wegzufahren; dieses Wochenende sollte anders verlaufen als die vergangenen. In der letzten Zeit hatte sie in ihrer Freizeit nur zu Hause rumgesessen, hatte nicht gewusst, was sie mit sich anfangen sollte. Jetzt aber war Schluss mit dieser langweiligen Phase, das hatte sie beschlossen und sich am Schalter ein Wochenendticket nach Berlin gekauft.

Bei strahlendem Wetter schlenderte sie über den Kurfürstendamm, bestaunte die Geschäfte, setzte sich in ein Straßencafé und genoß ihr Leben wie lange nicht mehr. Sie lief einfach weiter, ohne besonderes Ziel, sie hatte ja Zeit bis Sonntag Abend, an dem ihr Zug zurück nach Hause gehen würde. Sie schlenderte weiter und befand sich schließlich vor dem Eingang zum Aquarium. Das seh' ich mir jetzt an, beschloss sie und ging hinein. Fasziniert bestaunte sie die Tiere. Sie stand ehrfürchtig vor dem Hai-Aquarium und sah den majestätisch dahingleitenden Fischen zu. So einem Exemplar wollte Nicole nicht im Dunkeln begegnen. Gedankenverloren folgte sie mit den Augen den Meerbewohnern. Da mischte sich mit der Figur eines Hammerhais ein Gesicht. Ein Augenpaar, fast unwirklich, ein kurzer Blick nur, der sich in der Glasscheibe des Aquariums gespiegelt hatte. Unwillkürlich drehte sie sich um und sah einen Mann, der sie anlächelte. . .

Er war eigentlich gar nicht ihr Typ. Sie stand mehr auf blonde, superschlanke Männer. Der Hai-Mann jedoch hatte dunkle, lange Haare, überragte sie um mindestens zwanzig Zentimeter, war muskulös, und er hatte einen Blick. . . whow.

Verwirrt wandte sie sich dem nächsten Fischbecken zu und ging weiter. Die dunklen Augen jedoch gingen ihr nicht aus dem Kopf. Sie verließ schließlich das Aquarium, stand wieder im gleißenden Sonnenlicht und überlegte, was sie jetzt mit dem Nachmittag noch anfangen könne. Da klopfte ihr jemand auf die Schulter.

"Na, hast du dich vom Anblick der bösen Haie erholt?" Nicole drehte sich um. "Er" war es. Sie waren es. Diese Wahnsinnsaugen.

"Ehem, ja, ehem, ja ja. Tolle Tiere." Etwas Geistreicheres war ihr nicht eingefallen. Schade eigentlich, denn so einem tollen Typen begegnet man nicht alle Tage. Und wenn man schon mal von einem solchen Mann angesprochen wird, sollte man sich nicht gerade von Wortfindungsstörungen heimgesucht werden.

Aber der Hai-Mann sagte: "Wie wär's, wollen wir nicht einen Kaffee trinken? Da drüben vielleicht?"

"Klar, gerne. Gehen wir." Wieder zeugte ihre Antwort nicht gerade von geistigem Esprit.

Die beiden saßen nun im Café und talkten ein bisschen small. Wetter, Musik, Berlin. "Was machst du in Berlin, wohnst du hier?" fragte er.

"Nein, ich bin hier just for fun, nur mal ein Wochenende. Und was treibt dich hierher? Bist du hier zu Hause?"

"Nein, ich komme aus Hamburg, ich bin beruflich hier." Ihr Gegenüber sah sie wieder so an, dass sie nicht wusste, wohin sie gucken sollte. Sie probierte es mit einem "Gegenangriff". Sie versuchte, dem Blick standzuhalten. Das verwirrte sie aber noch mehr. Sie dachte: Was passiert mit mir? Verliebe ich mich gerade, oder was ist hier los?

"Beruflich also. Hmhm, was machst du denn beruflich so?" Sie war neugierig, wollte möglichst viel von ihm wissen.

"Och, ich bin gerade dabei, an diesem Wochenende viel, ganz viel Geld zu verdienen. Macht echt Spaß, sag ich dir."

"Am Wochenende? Normalerweise verdient man seine Kohle unter der Woche, nicht am Sonnabend oder Sonntag." Nicole war neugierig geworden.

"In meinem Job verdient man manchmal eben auch am Wochenende. Jedenfalls an diesem."

So, Genaueres wollte er also nicht von sich sagen. Dann wollte sie auch nicht weiter fragen, das fand sie dann doch zu aufdringlich. Obwohl, interessiert hätte sie es schon.

Lars rief den Ober um die Rechnung zu bezahlen. Schade, dachte Nicole. Das war ein netter Nachmittag und damit gut. Mehr wird wohl nicht kommen. Er hat in mir wohl den Dorftrottel erkannt. Er als großer Geschäftsmann, will mit mir sicher nichts weiter zu tun haben. Schade. Eigentlich.

"Ich würde dich gerne wiedersehen", hörte sie ihn sagen. Freude, Freude, hörte sie ihre innere Stimme sagen. Jetzt nur nicht überschwänglich werden.

"Ich wette, dass du zu viel zu tun hast, du sagtest ja, dass du auch am Sonntag eingespannt bist. Ich reise Sonntag Abend um 19.00 Uhr ab, wir könnten uns, wenn du willst, am Nachmittag um 17.00 Uhr treffen." Bitte hab' Zeit, dachte Nicole, bitte hab' Zeit.

Lars legte seine attraktive Stirn in Falten. "17.00 Uhr, könnte knapp werden, mal sehen, ich weiß nicht."

Es klang wie eine Entschuldigung. Dann eben nicht, dachte Nicole. Schade, aber nicht zu ändern. Beim Verlassen des Cafés legte er ihr seinen Arm um die Schulter, sah sie wieder mit diesen kirre machenden Augen an und lächelte. "Also dann, bis Sonntag um 17.00 Uhr bei den Haien."

Den Sonnabend verbrachte Nicole wie in Trance. Sie wusste nichts mit sich anzufangen, war durch Berlins Straßen gelaufen, war am Aquarium vorbei gerannt, aber nicht hineingegangen. Sie war sich selbst im Wege, wollte nur, dass es möglichst schnell Sonntag würde. Würde er kommen? Die Zeit wollte einfach nicht vergehen.

Die Zeit war dann doch noch vergangen. Pünktlich um 17.00 Uhr stand sie vor dem Hai-Becken. Diesmal hatte sie kaum Augen für die Haie. Sie wartete auf andere Augen. Sie wartete. Und wartete. Um zwanzig nach fünf beschloss sie, zu gehen. Als sie gerade auf die Straße hinaustrat, kam er ihr entgegen. Er trug einen Jogginganzug, was sie ziemlich unpassend fand, aber er war da und strahlte sie an. "Ich habe meinen Job getan, da bin ich also."

"Und?" fragte Nicole, "erfolgreich?"

"Na ja, hätte besser laufen können", gab er zur Antwort. "Aber ich will man nicht meckern."

Die beiden verbrachten ein paar wunderschöne Stunden, Lars brachte Nicole zum Bahnhof und versprach, sich bei ihr zu melden. Sie war sich sicher, dass er es tun würde. So vertraut hatten sie am Nachmittag miteinander gesprochen. Sie blickte aus dem Zugfenster, sah die Landschaft vorbeisausen, war völlig in Gedanken versunken. Lars, Lars, Lars, Lars, hämmerten die Räder auf den Schienen. Er hatte so viel von sich erzählt. Aber nichts über seinen Beruf. Wieso machte er ein Geheimnis daraus?

Montag morgen. Zwei Tassen schwarzer Kaffee, ein Toast und die Morgenzeitung. Was gibt's Neues? Aha, Steuererhöhung. Wer hat geheiratet? Niemand Bekanntes. Wer war gestorben? Alles gute Tote, alle alt und keinen kannte sie. Was gibt's vom Sport? Das ist ja interessant. Sie las:

"Der Newcomer im Tennis, Lars Auermann, hatte in den letzten beiden Wochen in Berlin der erstaunten Sportwelt gezeigt, wozu ein sogenannter "Nobody" in der Lage ist. Nacheinander hatte er die Nummer eins, vier und fünf der Weltrangliste locker geschlagen. Im Endspiel am gestrigen Sonntag jedoch bot er dem Publikum eine desolate Vorstellung. In nur 58 Minuten besiegte ihn der Vorjahressieger in zwei Sätzen. Im Interview nach dem Spiel schmunzelte er nur und meinte, es gäbe an manchen Tagen wichtigere Termine einzuhalten, als ein Tennismatch zu gewinnen."

Der Löwe ist los

"Was machen wir heute?" Lothar stellte beim gemütlichen Sonntagsfrühstück die Wochenendstandardfrage. "Superwetter, keine Einladungen, also, wozu habt ihr Lust?"

Jutta, seine Frau, und die beiden Kinder Petra und Sascha sahen sich bedeutungsvoll an. Es würde wahrscheinlich sowieso wieder darauf hinauslaufen, dass sie in die Wilhelma, den Stuttgarter Zoo, gehen würden. Petra startete einen Versuch: "Wie wär's, wenn wir in die Schwäbische Alb fahren?"

"Hm, vielleicht." murmelte Lothar zwischen zwei Schluck Kaffee hervor. Keine besondere Begeisterung zu erkennen.

Sascha meinte: "Oder wir gehen mal wieder zum Schwimmen, au ja, Papa!"

"Wir könnten in der Wilhelma ja schön Eisessen gehen." Lothar gab nicht auf. Zu gerne besuchte er diesen Zoo. Da die anderen sich ja auch gerne dort aufhielten und seit dem letzten Besuch schon wieder ein paar Wochen vergangen waren, stimmten schließlich alle zu.

Die Familie machte sich wieder mal auf den Weg nach Stuttgart. Wie immer sah man sich um und staunte. Über den botanischen Garten, über die Pflanzen, die sich seit dem letzten Besuch verändert hatten. Wie immer nahm man dieselbe Route mit Lothars eigentlichem Ziel, dem Löwengehege. Hier konnte er fast stundenlang sitzen und die Löwen beobachten. Herrliche, majestätische Tiere. Wunderschön und überlegen wirkten sie. Faszinierend. Erhaben.

Vielleicht lag es daran, dass Lothar vom Sternzeichen her ein typischer Löwe ist. Vielleicht fühlte er sich irgendwie mit diesen Tieren verwandt. Möglich auch, dass er sich zu ihnen hingezogen fühlte, weil sie ihm so ähnlich waren. Ruhig und besonnen, Familientiere, sie stellten etwas dar, womit er sich identifizieren konnte.

Die Familie war weitergegangen und ließ ihr Oberhaupt vor dem Löwengehege zurück. Er würde schon nachkommen. Wie immer. Sie verstanden die besondere Liebe für die Könige der Tiere. Denn sowohl Jutta als auch die Kinder hatten ebenfalls ihr Lieblingstier, vor dessen Käfig sie am liebsten den ganzen Tag verweilt hätten.

So endete der Zoobesuch wie alle vergangenen. Lothar redete auf dem Heimweg wenig. Es schien, als ob er irgendwie verzaubert war, nachdem er sich länger mit den Löwen beschäftigt hatte. Zumindest war er verändert. Am Anfang hatte seine Familie noch versucht, herauszubekommen, was ihn an diesen Wüstenbewohnern so besonders faszinierte. Aber er hatte es selbst nicht erklären können, wieso er sich so zu ihnen hingezogen fühlte. Es war eben einfach so. Lothar fing an, kleine Löwen aus allen möglichen Materialien zu sammeln. Er besaß inzwischen ein großes Regal mit Stofflöwen, welchen aus Porzellan, Bildchen mit Löwen, Löwen als Spardosen, Aschenbecher und vieles mehr. Er hatte sich zu einem richtigen Experten entwickelt. Immer wieder aufs Nue entdeckte er Gemeinsamkeiten mit seinem Lieblingstier.

Der Löwe, Panthera leo, Gattungsgruppe Großkatzen, Pantherini, Unterfamilie Katzen, Felinae, Familie Katzen, Felidae, Ordnung Raubtiere, Carnivora, Klasse Säugetiere, Mammalia. Der Löwe ist die heute am wenigsten bedrohte Raubkatze. Er ist ein Tag- und Dämmerungstier, jedoch nicht selten nachtaktiv. Im Gegensatz zu den meisten Katzen lebt der Löwe gesellig in großen Familienverbänden. In derartigen Rudeln herrscht meist friedliche Eintracht, ohne dass eine spezielle Rangordnung ersichtlich ist. Die Nahrungsbeschaffung überlassen die Männchen weitgehend den Weibchen. Kranke und verletzte Tiere des Rudels werden unterstützt. Die Paarungszeit ist an keine feste Jahreszeit gebunden.

Manchmal, wenn Lothars knappe Zeit es ihm erlaubte, wenn er Muße zum Nachdenken hatte, dann wollte er selber herausfinden, wieso gerade die Löwen ihn so faszinierten. Er war ein sehr offener Mensch, der sich für vieles interessierte. Gerade darum war es so ungewöhnlich, dass es ihn immer wieder zu diesen Tieren hinzog. Vielleicht war er in einem früheren Leben einmal ein Löwe gewesen, überlegte er. Er hatte sich tatsächlich Bücher über das Thema Reinkarnation besorgt. Das, was er dort gelesen hatte, überzeugte ihn jedoch nicht. Obwohl...

Die Sache mit der Wiedergeburt ging im Alltag wieder unter. Er hatte seiner Familie von seinen Gedanken auch nichts erzählt, weil er befürchtete, dass sie ihn auslachen würden. Mal ehrlich, so ein Quatsch - im früheren Leben einmal ein Löwe gewesen zu sein... So'n Blödsinn!!!

Mal wieder stand ein runder Geburtstag ins Haus. Diesmal war Lothar an der Reihe. Seine Familie machte sich schon Wochen vorher Gedanken, womit sie ihren Mann beziehungsweise Vater eine Freude, eine Überraschung bereiten könnten. Nach etlichen Besprechungen war den dreien etwas ganz Besonderes eingefallen. Jutta war allein, diesmal ohne Lothar in die Wilhelma gefahren und hatte sich erkundigt, ob es eine Chronik des 1949 gegründeten Zoos gibt. Sie erstand ein Werk, in dem die größten Zoos Deutschlands beschrieben wurden, jeweils mit kleinen Anekdoten und Geschichten.

Am Tag nach dem großen Fest, die Spuren der Feier waren gerade beseitigt, hatte Lothar endlich Zeit, sich seinen Geschenken zu widmen. Er schmökerte in dem Buch und fand eine höchst interessante Geschichte:

'Aus dem Hannoverschen Zoo war im August des Jahres 1947 ein männlicher Berberlöwe ausgebrochen. Vermutlich hatte ein Wärter den Käfig nicht richtig geschlossen. Das Verschwinden des Löwen löste damals eine noch nie dagewesene Suchaktion aus. Die Bewohner der Gegend um Hannover lebten in Angst und Schrecken. Trotz größter Anstrengung konnte der Verbleib des Löwen nicht ausfindig gemacht werden. Noch heute rätselt man, wie ein Tier mit einer Körperlänge von 1,90 Metern spurlos vom Erdboden verschwinden konnte. Damaligen Zeitungsberichten zufolge hatten namhafte Experten zu dem Verschwinden des Berberlöwen Stellung genommen. Manche sprachen davon, er wäre jemandem zugelaufen, der ihn dann versteckt hielt, einige vermuteten, der Löwe wäre erschossen worden und der Schütze hätte seinen Kopf als Trophäe ausstopfen lassen. Da man jedoch alle Tierpräparatoren aufgesucht hatte, blieb diese Theorie zweifelhaft. Einige Leute sprachen sogar davon, der Löwe hätte sich, wie im Märchen, verwandelt und würde nun als Mensch weiterleben...

Der Magier

Ich starrte jetzt schon seit einer knappen Stunde auf die leere Bildschirmseite. Verdammt, mir wollte einfach nichts einfallen. Doch die Redaktion ließ da nicht mit sich spaßen, ich musste die Kolumne bis übermorgen abgeliefert haben. Worüber könnte ich schreiben? Eine Liebesgeschichte vielleicht? Nein, hatte ich erst letzte Woche. Oder ich schrieb einfach was über unsere schöne Stadt. Mensch, das hatte ich mir doch etwas einfacher vorgestellt, als ich den Job angenommen hatte. Jede Woche ein kleines Geschichtchen, das mache ich doch mit links. Denkste. Nun saß ich hier, Schweiß auf der Stirn und Leere im Kopf, und es stand immer noch kein Wort auf der Bildschirmseite. Nichtmal die Überschrift. Was tun? Auf ein Wunder warten? So wurde das nichts. Ich musste raus hier aus diesem Büro, unter Leute gehen.

In der Stadt war bei diesem schönen Wetter jede Menge Volk unterwegs. Ich suchte mir 'n Plätzchen in einem Straßencafé und beobachtete die Leute. Eine herrliche Beschäftigung. Was mag die Blonde da wohl in ihrer Tasche haben? Wieso schnauzt die Mami mit ihrer Kleinen, sie hat doch nur das Eis fallen gelassen? Und da drüben, der junge Mann, hey, der sieht aber gut aus. Huch, was macht der jetzt, er kommt ja direkt auf mich zu.

"Verzeihung, ist der Platz noch frei?" Ich blickte in äußerst attraktive Augen in einem äußerst attraktiven Gesicht.

"Ähäm, klar doch." Ich hüstelte verlegen. Der Bursche bestellte sich auch einen Cappuccino und begann ein Gespräch, was mir gar nicht mal so unangenehm war. Er war humorvoll, charmant, etwas an ihm faszinierte mich. Ich konnte nicht sagen, was es war, er hatte irgendetwas Geheimnisvolles.

"Und was machen Sie so beruflich?" fragte er.

"Ich schreibe."

"Ach ja, ich weiß. Was schreiben Sie denn, wenn ich mal fragen darf?"

Hatte der Mensch eben gesagt: 'Ich weiß'? Woher um alles in der Welt sollte er wissen, womit ich mir meine Brötchen verdiene? "Och," antworte ich, "nichts Besonderes, Kurzgeschichten."

"Für eine Tageszeitung, nicht wahr?"

"Ja, für das Journal am Wochenende."

"Das ist ja interessant, dann sind Sie ja Angie, *die* Angie?"

"Sie kennen mich? Tatsächlich? Ich wusste gar nicht, dass mein Name durch die Kurzgeschichten bekannt ist." Nun war ich aber aufmerksam geworden. Ein verdammt gut aussehender Mann, der *meine* Geschichten liest. Toll. Und er scheint sie auch noch gut zu finden.

"Schöne Geschichten schreiben Sie, wirklich schöne Geschichten. Wie die 'Sekt oder Selters', oder die Liebesgeschichte mit dem Tennisstar. Oder die Story über den Computerkauf. Ja, und die niedlichen Hundegeschichten." Dieser Mann faszinierte mich mehr und mehr. Er hatte soeben genau meine Lieblingsgeschichten aufgezählt. Da läuft man ziellos durch die Stadt und trifft auf einen Fan. Irre.

"Wissen Sie, ich wollte Sie schon immer kennenlernen." hörte ich ihn sagen. "Jemand, der so humorvolle Geschichten schreibt, muss ein ganz besonderer Mensch sein. Ich freue mich immer wieder auf Ihre Erzählungen. Sie scheinen sich sehr gut in jemanden hineinversetzen zu können. Wie in den Versicherungsvertreter, der zufällig Zeuge eines Mordes wird. Diesen Gewissenskonflikt haben Sie einfach meisterlich beschrieben." Jetzt bin ich aber baff, die Stelle mit dem Mord wurde doch gar nicht gedruckt, die Redaktion hatte kurzerhand eine Schlägerei daraus gemacht. Ich weiß das ganz genau, weil ich mich damals so darüber geärgert hatte. Wie konnte er das wissen? Oder hatte ich mich doch geirrt? Muss wohl so sein.

Da saß ich nun an diesem sonnigen Nachmittag statt an meinem Schreibtisch in einem Straßencafé und lernte den bisher interessantesten Mann meines Lebens kennen, der obendrein meine Geschichten mag und als I-Tüpfelchen auch noch blendend aussieht. Manchmal hat man eben Glück.

"Was machen Sie denn beruflich?" wollte ich wissen.

"Ich bin auch künstlerisch tätig, natürlich nicht so künstlerisch wie Sie", schmeichelte er mir. "Aber reden wir doch lieber wieder von Ihnen. Mich interessiert, wie Sie zu den Einfällen kommen. Was hat Sie dazu angeregt, über den verlorengegangen Hund zu schreiben? Ist Ihnen das selbst mal passiert?"

"Nein, mir selbst nicht, einer Freundin war ein Hund zugelaufen, danach habe ich dann geschrieben. Aber..." Er ließ mich nicht ausreden, legte die Spitze seines Zeigefingers auf meine Lippen und sah mir in die Augen. Etwas zu lange. Der Blick machte das beginnende Chaos in meinem Kopf nun perfekt. Klare, logische Gedanken konnte ich nicht mehr fassen. Doch eins wusste ich sicher: Diese Geschichte wurde nicht gedruckt. Woher wusste dieser Mensch etwas, was nur ich wissen konnte? Ich hatte das Manuskript zwar Marion in der Redaktion vorgelegt, die hatte es nur flüchtig überflogen und es mir nach einer halben Stunde zurückgegeben. Und wieso wusste er von der Mord-Story? Das konnten nur die Mitarbeiter der Redaktion wissen. Und die kannte ich allesamt.

"Die Hundegeschichte, die..." er ließ mich nicht weiterreden.

"Nicht so neugierig sein, ich weiß eben einiges über Sie, das muss genügen."

Wir plauderten noch ein Weilchen, verabredeten uns für den kommenden Samstag. Er stellte sich als Manuel Klein vor, und er versuchte, jetzt einen ganz und gar normalen Eindruck zu machen. Ich kriegte aber meine Gedanken nicht mehr in die gewohnte Ordnung. Er hatte etwas Geheimnisvolles, etwas Magisches. Vielleicht sollte ich wirklich nicht mehr neugierig sein und es einfach zulassen. Vielleicht gibt es tatsächlich Leute mit magischen Kräften. Nein, nein, Quatsch, so was.

An diesem Abend schrieb ich doch noch meine Geschichte. Sie hatte den Titel "Der Magier", und ich hoffte, man würde sie am Sonnabend drucken. Ich war gespannt, was Manuel dazu sagen würde. Ich hatte Marion von der seltsamen Begegnung erzählt, sie schmunzelte und versprach, dass sie alles versuchen würden, dass mein "Magier" am Sonnabend erscheinen würde.

Marion ist doch ein Schatz. Gleich um 6.00 Uhr holte ich die druckfrische Zeitung herein und tatsächlich stand meine Story drin. Wieder illustriert mit einer dieser treffenden Zeichnungen. Wer macht eigentlich diese tollen Bilder? Ich guckte mir das Bild, das einen Zauberer mit Stock und Hut darstellte, genauer an. Wie immer war es unten rechts in der Ecke signiert. Ich las die schwungvoll ineinander gezeichneten Initialen: M K.

Schoko mit Sahne

Was ist das für ein verkorkstes Wochenende? Ich hatte es mir so toll vorgestellt, mit Biene durch Berlin zu schlendern und von der sicheren Position eines Straßencafés aus die Leute zu beobachten. Wir wollten tratschen, lachen, erzählen, es uns einfach gut gehen lassen. Der Termin für unseren Wochenendtrip stand schon lange fest, doch meine Freundin Sabine hatte in allerletzter Minute abgesagt, weil sie sich dringend mit ihrer neuen Flamme treffen musste. So viel wert war ihr unsere Freundschaft dann doch nicht. Ja, ja, die Liebe. Ich kann das ja verstehen, dass sie lieber mit ihm als mit mir zusammen sein wollte.

Vorgestern hatte Biene abgesagt, in der Kürze der Zeit war es mir nicht gelungen, jemanden zu finden, der erstens Lust hatte, mit mir ein Wochenende in Berlin zu verbringen und mit dem, zweitens, ich Lust hatte, ein Wochenende in Berlin zu verbringen. So hatte ich mich also entschlossen, alleine zu fahren.

Schöne Stadt. Kuhdamm. Geschäfte. Cafés. Da ist ein nettes italienisches Eiscafé. Da gehe ich jetzt rein und genehmige mir etwas Sündhaftes, über dessen Kaloriengehalt ich mir besser keine Gedanken mache. Ah, da kommt er ja, mein Schoko-Becher. Genußvoll widme ich mich meinem Mega-Eis. Zusammen mit Biene würde es mir besser schmecken.

"Entschuldigung, ist hier noch frei?" Ein kerniger Bursche mit blonden Locken und einem himmelblauen Augenaufschlag ersuchte, an meinem Tisch Platz zu nehmen.

"Klar, setzen Sie sich." Das kleine Eiscafé war wirklich übervoll, wodurch die Vermutung, er wolle mich auf die billige Tour anmachen, zunichte gemacht wurde.

"Wie heißt das Teil, was Sie da vor sich haben?"

"Ich weiß nicht, ich habe nach den bunten Bildern auf der Eiskarte bestellt, versuchen Sie's doch auch damit."

"Glauben Sie, ich sei nicht des Lesens und Schreibens mächtig?" Wieder sahen mich diese himmelblauen Augen an, diesmal spöttisch. Um ehrlich zu sein, traute ich ihm das Lesen wohl zu, doch sagte mir mein nicht unerheblicher Erfahrungsschatz, dass in der Regel die Schönlinge im Kopf eben nicht ganz so helle sind. Vielleicht ist das nur ein Vorurteil, dass sich zufällig bei mir bestätigt hat?

"Doch, doch", log ich. "Ich weiß wirklich nicht mehr, wie der heißt."

Damit hatte sich das Gespräch wohl erledigt, denn Blondie bestellte und schwieg. Irgendwie gefiel er mir. Warum sagte er nichts mehr? Sollte ich ihn einfach ansprechen? Warum nicht? Schließlich leben wir im Zeitalter der Emanzipation. Ich hüstelte, formulierte in meinem Kopf irgendetwas Nettes, Unverfängliches.

Da fragte der Schöne: "Kommen Sie aus Berlin?"

"Nein, ich bin nur das Wochenende hier."

"Das ist ja interessant, ich auch. Wann fahren Sie denn wieder?" Wollte er mich jetzt doch auf die plumpe Tour anmachen? Wie schön.

"Sonntag abend, und Sie?" Würde er jetzt etwa versuchen, sich mit mir zu verabreden? Los, nun mach schon...

"Witzig, ich muss auch am Sonntag Abend wieder weg. Wie wär's, könnten wir uns vorher nicht noch mal treffen?"

Jubel. Schön ist Berlin, wenn man sich alleine auf dem Kuhdamm in ein Café setzt. "Ja, warum nicht?" Ich versuchte, völlig belanglos zu klingen. "Ich fahre gegen 19.00 Uhr ab, wie wär's, wenn wir uns morgen nachmittag um 16.00 Uhr treffen? Hier? Bei einem Schoko-Becher mit Sahne?"

169

"Hehem. . ." Diesmal hüstelte er. "Ja, ich weiß nicht, ob ich da schon kann . . . " Ich musste wohl etwas enttäuscht ausgesehen haben. Jedenfalls hauchte er: "Also, abgemacht, ich komme, egal wie. Um 16.00 Uhr bin ich hier. Ciao." Schon hatte er sich erhoben, warf mir so ganz nebenbei noch mal seinen blauen Augenblick zu und war verschwunden.

In der Nacht träumte ich von Schoko-Eisbechern.

Am anderen Tag war es sehr kalt und windig. Das hatte sich auch bis zum Nachmittag nicht geändert. Ich steuerte zielstrebig auf das Café zu. Kein Mensch saß diesmal draußen, also ging auch ich hinein. Es war sehr gemütlich hier, fast familiär. Italiener standen an der Theke zusammen und redeten herrlich durcheinander und herrlich italienisch. Ein Fernseher lief und zeigte irgendein Tennismatch. Ich setzte mich an den einzigen noch freien Tisch, bestellte mir die Kalorienbombe von gestern und wartete. Es war zehn nach vier, eigentlich hatte ich gehofft, dass er schon da sein würde. Schade, er hatte mich wohl versetzt. Emanzipation hin und Gleichberechtigung her, es gehörte sich einfach nicht, zu einer ersten Verabredung zu spät zu kommen.

Das Eis schmeckte heute nicht annähernd so gut wie gestern. Man hatte wohl andere Zutaten genommen. Ich wartete noch eine Viertelstunde, bezahlte und wollte gerade trauriger Stimmung das Lokal verlassen. Da waren sie wieder, diese himmelblauen Augen. Erst auf den zweiten Blick stellte ich zufrieden fest, dass *er* es war. Er drückte mich zurück auf den Caféhausstuhl, sah mir tief in die Augen. Dieser Blick traf mitten in mein Hirn und verursachte dort einen katastrophalen Kurzschluss. Alles, was vorher in geordneten Schubladen verstaut war und auf Abruf bereit lag, wurde mit einem Mal durcheinander gewirbelt. Wow.

"Du, ich habe ganz wenig Zeit, ich muss sofort wieder weg, hier ist meine Telefonnummer, ruf mich bitte an, ja?" Sprach's und verschwand.

Verwirrt lehnte ich mich zurück und winkte den Ober herbei. "Einen Grappa, bitte."

"Prego, Signora."

Was sollte ich nun davon halten? In meinem Kopf versuchte ein Ordner immer noch, das Chaos wieder in halbwegs vernünftige Bahnen zu lenken. Ich wollte ihn nicht durch weiteres intensives Denken an *ihn* daran hindern. Ablenken musste ich mich. Ich setzte den Grappa an und guckte auf die Mattscheibe, die immer noch das Tennisspiel übertrug. Es war gerade Seitenwechsel. Einer der beiden Spieler war aufgestanden und hüpfte herum und machte Stretching. Gerade stellte der italienische Wirt den Ton lauter.

Die Stimme des Sprechers: "Was ist mit Ronnie Venten los? Ratlosigkeit beim Stuhlschiedsrichter, Ratlosigkeit beim Publikum. Die Pause zum Austreten ist, wie Sie wissen, meine Damen und Herren, jedem Spieler im Verlaufe eines Fünfsatzmatches gestattet, jedoch darf sie nicht länger als fünf Minuten betragen. Ronnie ist nun aber schon geschlagene zwanzig Minuten weg. Ich höre gerade, dass man beschlossen hat, das Spiel abzubrechen und die Partie für Ronnie als verloren zu bewerten. Dabei führte er im dritten Satz mit vier zu eins. Wir können uns alle nicht erklären, wo er ist. So etwas hat es noch nie gegeben, meine Damen und Herren. Dieses Spiel wird in die Tennisgeschichte eingehen. Mir wird gerade mitgeteilt, dass der Ordner, der mit ihm zur Toilette gegangen ist, ausgesagt hat, dass Ronnie aus dem Toilettenfenster verschwunden sein muss."

Was interessierten mich verloren gegangene Tennisspieler? Ich hatte mich gerade verliebt und in mir herrschte immer noch ein Gefühlschaos. Irgendetwas zwang mich trotzdem, auf die Mattscheibe zu gucken.

Was ich dort sah, war nicht dazu geeignet, wieder klarer im Kopf zu werden. Ich traute meinen Augen nicht, der Verlorengegangene war wieder aufgekreuzt, schlenderte zu seinem Platz, nahm das Racket und stellte sich auf, bereit, das Spiel fortzusetzen. Ronnie Venten sah gut aus. Er hatte himmelblaue Augen, die man sogar durch den Fernseher erkennen konnte.

Jetzt fiel es mir auch ein: Ich hatte mich schon etwas über *sein* ungewöhnliches Outfit gewundert. Wer geht schon in verschwitzten Sportklamotten zum Rendezvous?

Sekt oder Selters

"Du, entschuldige, ich kenn dich." Der Typ hatte Tanja auf die Schulter getippt, während sie an ihrem Drink genippt hatte.

"Eine originellere Anmache konntest du dir auf die Schnelle jetzt nicht einfallen lassen, wie?" Tanja sah von ihrem Planters Punch auf und wollte sich gerade ärgern, dass sie auf diese Art und Weise angesprochen wurde. Sie war, mal wieder, Single und hatte sich zwar nicht besonders viel vom Abend erhofft, doch war sie der einen oder anderen neuen Bekanntschaft nicht gerade abgeneigt. Tanja sah in das Gesicht des Mannes, der sie angesprochen hatte. Mensch, den kannte sie ja *wirklich!!!*

"Hey, Matthias, was machst Du denn hier? Sag mal, wie lange ist das eigentlich her?"

Die beiden setzten sich zusammen und plauderten über vergangene Zeiten. Tanja und Matthias verband das, was man eine Sandkastenfreundschaft nannte. Sie waren als Kinder Nachbarn gewesen und hatten sich immer gut verstanden. In der Schulzeit sind sie in Parallelklassen gegangen und hatten sich dadurch immer wieder gesehen. Es war Tanja, die zuerst ein Auge auf Matthias geworfen hatte. Damals, im zarten Alter von zwölf Jahren . . .

Die Erinnerungen an die Kinder- und Jugendtage machten Tanja mehr und mehr klar, dass sie Matthias seit sie denken konnte, gut leiden mochte. Damals hatte sie sich natürlich nicht getraut, ihn anzusprechen. Sie stand meist mit ihren Freundinnen auf dem Schulhof herum und kicherte. Nach der Schulzeit war jeder seine eigenen Wege gegangen, man hatte sich aus den Augen verloren.

Jetzt, als sie Matthias gegenüber saß, hatte sie das merkwürdige Gefühl, dass sie sich eigentlich die ganze Zeit über sehr nahe gewesen waren, obwohl sie beide längere Beziehungen hatten und sogar räumlich voneinander getrennt waren. Tanja war durcheinander, wusste

173

nicht so recht, wie sie sich ihm gegenüber verhalten sollte. Sie hätte schon gerne signalisiert, dass sie durchaus nichts gegen ein Wiederaufleben der Kinderfreundschaft hätte.

"Was darf's denn sein, ihr beiden?" Der Kneipenwirt grinste Matthias mit einem spitzbübischen Augenzwinkern an. Tanja konnte in seinem Gesicht die Frage lesen. 'Na, wieder auf Aufreißtour?' Er schien Matthias zu kennen. Wieder wurde sie verlegen.

"Einen Piccolo für mich bitte." Tanja war in genau der richtigen Piccolo-Stimmung. Ein Gläschen Sekt hatte noch immer gewirkt. Egal wogegen, Frust, Ärger, Bauchschmerzen, Liebeskummer. Bei einem guten Tröpfchen ließ es sich sicher besser plaudern.

"Ich nehm' ein Mineralwasser." Tanja war erstaunt, denn sie wusste noch zu gut, dass Matthias einem oder zwei Gläschen in Ehren nicht abgeneigt war.

"Jau, wie immer", sagte der Wirt. Tanja überlegte, ob er das scherzhaft gemeint hatte und in Wirklichkeit damit sagen wollte, dass Matthias eben sonst nie Wasser trank. Na ja, sie würde sich im Laufe des Abends Mühe geben, es herauszufinden. Sie hatte verdammt schlechte Erfahrungen gemacht mit Männern, die gerne zu tief ins Glas schauten. Das, was sie in ihrer letzten Beziehung erlebt hatte, das wollte sie nicht unbedingt noch mal erleben.

"Sekt und Selters, das passt zusammen", meinte Matthias und forderte sie auf, zu erzählen, wie es ihr so in der letzten Zeit ergangen ist.

"Tja, eigentlich ist nichts Besonderes in meinem Leben passiert." Sie überlegte, wie sie auf das lenken konnte, was sie interessierte. "Ein, zwei kaputte Beziehungen. Meine letzte Partnerschaft ging in die Hose wegen des Alkohols, weißt du. Er stand zwischen uns. Ich hatte meinen Damaligen vor die Wahl gestellt Sekt oder Selters, also Alkohol oder ich, er hat sich für den Sekt entschieden."

"Recht dummer Mensch, wie ich finde. Aber ich kenn' ihn ja nicht, ist auch besser so." Mehr war aus Matthias nicht herauszubekommen.

"Also, versteh' mich nicht falsch, ich trinke ja auch ganz gerne mal. Wie du siehst, steht ja auch ein Sekt vor mir. Der ist aber für die ganz besonderen Momente in meinem Leben vorbehalten. Wenn mich jemand fragen würde, Sekt oder Selters, würde ich mich spontan immer für den Sekt entscheiden. Nicht wegen der Promille, sondern wegen der positiven Seiten."

Die beiden redeten noch den ganzen Abend. Tanja hatte schon lange nicht mehr ein so intensives Gespräch geführt. Sie fühlte sich sauwohl, entspannt und glücklich. Und: In ihrem Bauch sausten ein paar Schmetterlinge hin und her. Ein Zeichen erster Verliebtheit? Sie hoffte, Matthias würde sich mit ihr verabreden wollen. Doch er sagte nur, als sie sich auf dem Parkplatz voneinander verabschiedeten: "Ciao, bella, bis bald!"

Sie setzte sich in ihr Wägelchen, starrte noch eine ganze Weile in die Dunkelheit. War es schon vorbei, noch bevor es begonnen hatte? Enttäuschung machte sich in ihr breit. Hatte sie zu viel gefaselt? Zu viel gelabert von Alkohol und Sekt und Mineralwasser? Ach Scheiße, sie konnte jetzt auch nichts mehr ändern. Nichtmal seine Adresse oder Telefonnummer hatte sie. Nur die Hoffnung, dass er sich melden würde. Sie hatte ihm erzählt, wohin sie umgezogen war. Traurig fuhr sie nach Hause.

Matthias hatte sich nicht gemeldet. Am nächsten Tag nicht und auch am übernächsten nicht. Tanja hatte die Telefonauskunft angerufen und nach seiner Nummer gefragt. Schließlich lebte man im Zeitalter der Emanzipation. Sie fasste sich ein Herz und wählte die angegebene Nummer.

"König." Tanja wurde ganz heiß, als sie seine Stimme hörte.

"Hallo, hier ist Tanja. Ich wollte mich nur mal bei dir melden. Wir sind so schnell auseinandergegangen neulich Abend." Sie staunte über sich selber, dass sie den Satz fehlerfrei herausbekommen hatte.

"Ja, das stimmt, ich wollte mich schon längst bei dir melden, ich hatte aber geschäftlich so viel zu tun."

"Ich weiß, die Arbeit. Die geht immer vor." Sie wollte nicht gerade beleidigt klingen, war es aber doch. Wenn jemandem die Arbeit vor einer neuen Bekanntschaft geht, dann kann es mit seinen Gefühlen für sie nicht so weit her sein. Schade. Sie wollte das Gespräch möglichst schnell beenden, schnell vergessen, dass der schöne Abend Hoffnungen in ihr geweckt hatte.

"Nein, durchaus nicht. Mir geht die Arbeit nicht immer vor. Ehrlich gesagt habe ich dich nicht nach einer zweiten Verabredung gefragt aus Angst, dass du ablehnen würdest."

Das überraschte sie. "Wenn man nichts riskiert, dann kann man auch nicht gewinnen."

"Ja da hast du recht. Also heute Abend in der Alten Post? Um acht?" fragte er. Jubel, jubel sagte es in ihr.

"Okay, bis dann." Sie legte den Hörer auf und lehnte sich im Sessel zurück. Doch ein Anfang?

Die Verabredung verlief wie das erste zufällige Treffen. Die beiden unterhielten sich, sprachen über alles, was sie in den letzten Jahren erlebt hatten. Stundenlang saßen sie an dem gemütlichen Kneipentisch, hatten die Welt um sich herum vergessen. Erst als der Wirt das Lokal schließen wollte, brachen sie auf. Die Schmetterlinge in Tanjas Bauch hatten sich erstaunlicherweise aufs schnellste vermehrt. Sie ahnte es jetzt nicht nur, sie war sich sicher, dass es sie wieder erwischt hatte. Sie musste es heute, jetzt sofort auf der Stelle, wissen, ob er Ähnliches für sie empfand.

Diesmal stieg sie nicht enttäuscht nach seinem "Ciao, bella" zurück in ihr Auto. Sie fragte: "Eine Frage hab ich noch. Sekt oder Selters? Ruf mich an. Ciao bello."

Mit glühenden Wangen und wirren Gedanken fuhr sie heim. Wie würde er sich entscheiden?

Als sie im dunkeln die Tür zu ihrer kleinen Wohnung aufschloss, sah sie sofort das rote Lämpchen des Anrufbeantworters leuchten. Sie drückte die Wiedergabetaste. "Ich wollte dir noch auf deine Frage antworten. Ich habe mich für Selters entschieden." Es folgte eine Pause, dann hörte sie Matthias' Stimme. "Komm doch morgen Abend zur Bahnhofstraße 6, um acht Uhr, da können wir noch mal reden."

Was bildete sich der alte Laffi wohl ein? Was glaubt der wohl, mit wem er es zu tun hat? Das kann er ja mit seinen Miezen machen, aber nicht mit mir!!! Tanja war außer sich vor Zorn. Erst Süßholzraspeln in der Kneipe, Hoffnungen machen und dann absagen. Und als krönenden Schluss sich auch noch mal mit ihr verabreden wollen. Der spinnt wohl!

Tanja konnte nicht einschlafen an diesem Abend. Sie war aufgewühlt und zornig. Sie ging in die Küche. Im Kühlschrank stand noch eine Flasche Champagner, den sie von ihrer Freundin zum Geburtstag bekommen hat. Sie entkorkte die Flasche und goß sich ein Glas mit dem Edelgesöff voll. Wenn nicht heute, wann dann? Sie trank auf sich und darauf, dass alle Männer Schweine sind.

Am nächsten Morgen wachte sie erstaunlich erholt auf. Kein Champus-Kater, keine Katerstimmung, überhaupt keine miese Stimmung. Beste Laune. Ihr Lieblingsgetränk hatte allen Frust über die Männer im allgemeinen und Matthias im besonderen weggeschäumt. Sie würde auch zu der Verabredung erscheinen. Jetzt erst recht. Dem würde sie schon zeigen, wer mit wem wie umspringen konnte!! Jawoll!!!

Pünktlich traf sie am Abend auf der Bahnhofstraße ein. Nummer 2, 4, ah da war ja Hausnummer 6. Hier war ein neues Geschäft eröffnet, die Plakate mit den Sonderangeboten prangten im Schaufenster. Aber keine Klingel mit dem Namen König. Also, das war doch das allerletzte. Wollte er sie noch mal so derbe verladen? Sie sah sich um, vielleicht hatte sie ja doch das Klingelschild übersehen. Doch über der Eingangstür entdeckte sie den Namen des Ladens: 'Getränke - König' las sie, "Ihr Fachlieferant für alle nur denkbaren Mineralwässer".

Da sah sie hinter der Ladentür auch Matthias stehen. Er hatte eine Flasche Sekt in der Hand. Sekt vom Feinsten.